울트라 코리아
ULTRA KOREA

울트라 코리아 ULTRA KOREA

1판 1쇄 찍음 2022년 03월 8일
1판 1쇄 펴냄 2022년 03월 16일

지은이 | 정사부
펴낸이 | 정 필
펴낸곳 | (주)뿔미디어

편집장 | 문정흠
기획·편집 | 윤석준

출판등록 | 2002년 9월 11일 (제1081-1-132호)
주소 | 경기도 부천시 원미구 소향로17, 303(두성프라자)
전화 | 032)651-6513 팩스 | 032)651-6094
E-mail | bbulmedia@hanmail.net
비북스 | http://b-books.co.kr

값 8,000원

ISBN 979-11-6713-954-2 04810
ISBN 979-11-6565-919-6 04810 (세트)

14
정사부 현대 판타지 장편 소설
울트라 코리아
ULTRA KOREA
BBULMEDIA FANTASY STORY

CoNTEnTs

1. 받은 것 이상으로…

세계의 이목이 한국과 중국의 종전 협정식에 쏠렸다.

그도 그럴 것이, 21세기 들어 가장 거대한 전쟁이라 할 수 있고, 자칫 3차 세계대전으로 확전이 될 수도 있던 전쟁이기에 세계인의 관심이 몰릴 수밖에 없었다.

다만, 1차, 2차 세계대전 때와 다르게 중국의 편을 들어주는 나라는 있을지 모르겠지만, 한국의 편에 선 나라들은 확실했다.

인도와 정식 국가로 인정을 받는 것은 아니지만, 대만이 한국과 중국의 전쟁에 끼어들었다.

그 과정에서 중국 내 자리하고 있던 자치구들이 중국

공산당에 반기를 들고 독립을 선언했다.

그러다 보니 중국은 한국과의 전쟁에만 신경을 쓸 수가 없었다.

그래서 중국의 전선은 계속해서 밀렸고, 인도와의 국경은 순식간에 1967년 이전으로 밀려나 버렸다.

뿐만 아니라 티벳 자치구와 위구르 자치구의 경우, 자치구 내에 있던 중국의 서부전구 소속 부대들이 독립을 요구하는 무장 독립군에 의해 점령이 되었다.

이 사건으로 인해 중국 지도부는 물론이고, 세계에서 지켜보고 있던 많은 사람들이 깜짝 놀랐다.

어느 누구도 중국 인민 해방군이 이렇게 무력하게 당할 줄은 예상하지 못했고, 또 티벳과 위구르의 무장 독립군이 이렇게까지 강력할 줄은 예상하지 못했기 때문이다.

어찌 되었든 서부전구의 집단군 부대 중 이들 자치구 내에 있던 부대들이 무장 독립군에 의해 장악이 되고, 서부전구 집단군 병력의 일부가 포로로 잡혀 있다 보니 중국 인민 해방군도 함부로 움직일 수가 없었다.

그도 그럴 것이, 중국은 티벳과 위구르의 무장 독립군만 상대하는 것이 아니라 동쪽에서는 그들보다 훨씬 강력한 대한민국과 전쟁을 치르고 있었기 때문이다.

그런데 설상가상이라고 해야 할까?

아니면 화는 혼자 오지 않는다 해야 할까?

동쪽과 서쪽에 이어 중국의 남부에서도 전쟁이 터졌다.

그동안 중국의 위협을 받고 있던 대만과 민주화 시위 당시 무력으로 진압을 한 것에 대한 불만에 쌓여 있던 홍콩이 중국 정부에 반기를 들고 전쟁을 선언했기 때문이다.

중국 동해함대가 빠져나간 푸젠성에 대만 해군과 공군이 기습적으로 공격을 하고, 얼마 없는 대만 육군이 상륙함으로써 동부전구에 속한 푸젠성이 힘도 써 보지도 못하고 대만에 넘어가고 말았다.

또 남부전구에 속한 광둥성 또한 홍콩의 수중에 떨어졌다.

그런데 이들 남부전구와 동부전구의 인민 해방군은 성을 함락한 홍콩과 대만을 진압하지 못했다.

대한민국과 인도가 연합을 함으로 인해 세계 3위의 군사력을 가진 중국과 충분히 비견 가능한데다가 내부에서도 반란이 일어나다 보니, 이를 해결하기 위해 남부와 동부에 있던 전력을 이동 배치하느라 광둥성과 푸젠성에 보낼 전력이 부족하게 되었다.

그러던 차에 진보국을 비롯한 현 중국의 지도부가 한국의 특수부대에 의해 포로가 되는 충격적인 일이 벌어지고 말았다.

물론 겉으로 발표가 되길 중국 지도부가 한국의 특수 부대에 의해 기습을 받아 포로가 되었다고 발표가 되었 지만, 실상은 그렇지 않았다.

하지만 결과적으로 보면 그것과 다름이 없었기에 그 렇게 외부에 알려졌다.

그 뒤로 한국과 중국의 차기 정권은 급히 협상을 벌 였다.

전쟁을 종식하기로 합의를 보고, 그 대신 한국이 점 령한 지역을 한국의 영토로 인정을 한다는 무척이나 충 격적인 내용이 담긴 종전 협정서에 새로운 중국 지도부 가 사인을 하였다.

또한 한국과 동맹을 맺은 대만과 홍콩이 점령한 광둥 성과 푸젠성은 그들의 영토로 인정한다는 항목에도 사 인을 한 것은 물론이고, 독립을 원하는 자치구들도 독 립을 허가한다고 문서에 적었다.

이로 인해 중국은 예전의 영토의 3분지 1 수준으로 줄어들어 버렸다.

한국에 동북 3성은 물론이고 산둥성과 허베이성의 일 부, 그리고 내몽고 자치구를 넘겼고, 위구르 자치구와 티벳 자치구 그리고 광시장족 자치구가 독립을 했다.

뿐만 아니라 대만과 홍콩에 점령이 된 광둥성과 푸젠

성도 대만과 홍콩이 연합한 중화연방국으로 넘어갔다.

그로 인해 중화인민공화국은 서쪽으로 칭하이성, 간쑤성, 쓰촨성, 산씨성, 산시성, 윈난성, 구이저우성, 허난성, 허베이성, 후난성, 안후이성, 장시성, 장쑤성, 그리고 영토가 줄어든 허베이성만 남게 되었다.

중국의 입장에서는 정말이지 굴욕적인 항복문서나 다름없는 협정서의 내용이었지만, 이마저도 받아들이지 않았다면 더 많은 것을 잃어야 했을 것이기에 어쩔 수 없이 협정서에 사인을 하였다.

＊　　　＊　　　＊

찰칵! 찰칵!

촤라라락!

중국 장쑤성 난진시의 인민 회의장 앞에 수많은 내, 외신 기자들이 모여 사진을 찍고 있었다.

또 수많은 방송 카메라들이 촬영을 하여 송출하고 있었다.

이들이 기다리는 것은, 곧 있을 대한민국 정동영 대통령과 중국의 새로운 주석인 소샤오창이 맺을 종전 협정식을 송출하기 위해서였다.

저벅! 저벅!

기자들과 많은 사람들이 지켜보고 있는 단상으로 경호원들의 경호를 받으면서 대한민국의 정동영 대통령과 중국의 소샤오창 주석이 걸어 나왔다.

　이들은 단상 양옆에 마련된 문에서 나와 가운데 마련된 단상에서 만났다.

　"이제 말씀하시면 됩니다."

　소샤오린은 단상에 마련된 마이크를 켜고 자신의 큰아버지이자, 현 중국의 주석인 소샤오창에게 이야기했다.

　그러자 소샤오창이 정동영 대통령을 향해 살짝 고개를 숙이며 먼저 앞으로 나섰다.

　이미 실내에서 몇몇 공신력 있는 내외국인 기자들과 함께 종전 협정서에 사인을 하는 장면이 송출되었고, 지금은 외부에 더 많은 기자들을 모아 놓고 공식적으로 협정이 원활하게 끝났다고 종전 선언을 하려는 것이었다.

　보통이라면 승전국이라 할 수 있는 대한민국 대통령이 발표를 하는 것이 순리겠지만, 이곳이 중국이기도 하고, 중국의 체면을 세워 주기 위해 정동영 대통령이 소샤오창 중국 주석에게 양보를 하였다.

　"안녕하십니까? 중국의 임시 국가 주석의 자리에 오른 소샤오창입니다. 일부 권력욕에 물든 위정자들로

울트라 코리아

인해 우리 중국과 한국의 젊은이들이 피를 흘렸습니다…… 종전을 선언합니다."

종전 선언을 하는 소샤오창의 목소리를 격앙되고 슬픔으로 떨리고 있었다.

그도 그럴 것이, 거대한 중국이 이제는 고대 당나라 때보다도 쪼그라든 영토를 가지게 되었기 때문이다.

수많은 외부 이민족에 의해 정복이 되고, 그것을 이겨 내면서 거대해진 대국은 이제는 과거의 영광을 잃고 말았다.

어떻게 보면 인간이 살기 힘든 황무지 지역을 넘겨주었기에 그리 큰 문제는 없었지만, 중국 공산당 원로로서 그의 마음은 무척이나 착잡했다.

그나마 다행인 점은 종전 협상을 벌이면서 한국에서 많은 부분을 양보해 주었다는 것이다.

그것이 아니었다면 소샤오창도 이렇게 많은 영토를 잃어버리는 협정에 사인을 하지 않았을 것인데, 한국의 양보로 잃은 것도 있지만, 얻은 것 또한 있었다.

중국은 거대한 땅과 인구로 인해 에너지 소모가 많은 나라였다.

그 때문에 에너지를 생산하기 위해 화력발전에 많은 부분 의지를 하고 있었다.

그리고 이런 화력발전을 돌리는 데에 필요한 석탄을

대부분 외국에서 수입해 왔다.

그런데 이전 정부는 그러한 실정을 알면서도 호주에서 수입하는 석탄을 금지하면서 21세기에 있을 수 없는 일을 초래하고 말았다.

인민이 겨울철에 난방을 제대로 하지 못해 동사하는 일을 만든 것이다.

그뿐만 아니라 부동산 정책을 제대로 하지 못해 수많은 인민이 빈민이 되어 버렸다.

그러면서도 지도층은 넘쳐 나는 부를 주체하지 못하고 호의호식하는 것은 물론이고, 권력을 독점해 왕조를 만들려 하였다.

그리고 욕심은 더욱 커져 중국의 것이 아닌 것에도 욕심을 내며 인민을 파멸의 구렁텅이로 몰아넣었다.

그런 상황에서 전쟁을 벌여 패하기까지 했으니.

다행히 욕심이 많지 않은 한국으로 인해 최악의 상황은 면했다.

만약 한국이 조금 더 욕심을 부렸더라면, 중화인민공화국이란 나라는 지구상에서 사라졌을 게 분명했다.

처음 전쟁이 벌어지기 전까지만 해도 소샤오창 본인도 미국이 아니라면 그 어떤 나라와 전쟁을 벌이더라도 이길 수 있다고 믿었다.

하지만 막상 뚜껑을 열어 보니 자신의 생각은 완전히

틀렸다.

자신이 믿고 있던 인민 해방군의 전력은 세계 6위라 평가를 받고 있던 한국군에 비해서도 우세하다 장담할 수가 없었다.

이는 직접 경험을 해 보니 알 수 있었다.

일부에서는 인민 해방군이 보유한 핵무기를 사용했다면 결과가 다르게 나왔을 것이라 주장을 하는 이도 있을지 모르지만, 한국군이 보유한 전력을 보면 그러한 주장도 신빙성이 떨어졌다.

그러한 판단을 내린 근거 중 하나가 한국의 MD(미사일 방어 체계)가 있었다.

실제로 한국의 MD체계는 사우디와 UAE에 그 무기 체계를 팔기 위해 시범을 보일 때, 후티 반군이 기습적으로 발사한 샤하브—2 탄도미사일을 요격한 전적이 있다.

그것을 생각해 보면 전략 로켓군이 DF미사일을 발사한다고 해도 과연 그것들이 한국의 미사일 방어 체계를 뚫고 한반도에 떨어진다는 장담을 할 수가 없었다.

그에 반해 한국은 북한을 단 몇 시간 만에 점령을 한 것은 물론이고, 북한이 비밀리에 개발한 각종 탄도미사일과 핵무기를 습득했다.

뿐만 아니라 전략 로켓군 기지 중 하나를 수중에 넣

기도 했다.

그 말인즉슨, 자신들이 탄도미사일 공격을 하면, 한국도 이에 대한 보복으로 탄도미사일을 발사할 수 있다는 소리였다.

그러다 보니 인민 해방군이 보유한 DF미사일을 사용했다면, 한국과의 전쟁에서 승리를 할 수 있었을 것이란 주장은 받아들이기 힘들었다.

그렇다고 핵보유국인 인도에 핵무기를 쏘겠는가, 아니면 독립을 주장하면서 봉기한 자치구들에 탄도미사일을 쏘겠는가.

티벳 자치구와 위구르 자치구가 봉기를 했다고는 하지만 어찌 됐건 중국이었다.

그러다 보니 소샤오창이 할 수 있는 선택지는 몇 가지 없었다.

이대로 평화협정을 무시하고 전멸을 각오하고 마지막까지 홀로 이들과 싸울 것인지, 아니면 그들이 원하는 것을 들어주고 생존을 할 것인지 말이다.

그리고 소샤오창은 생존을 선택했다.

비록 국토는 3분의 1로 줄어들었고, 인구 또한 몇 억 명이 줄어들기는 했지만 상관없었다.

자신이 살아 있고, 아직도 10억 명 이상의 인민이 남아 있었다.

중국의 발전을 위한 기반 또한 그대로 존재했다.

다만, 이것들을 돌릴 자금과 에너지가 부족할 뿐이었는데, 이를 한국에서 일부 제공해 주겠다고 했다.

물론 공짜는 아니었다.

한국이 제공하는 것은 후일 값을 치러야 하겠지만, 당장 그런 것은 아니기 때문이다.

'그래, 이렇게 된 거 버릴 것은 버리고 새롭게 시작하는 거야!'

소샤오창은 그렇게 속으로 자신을 다독이며 계속해서 이번 종전 협상에 대해 이야기를 하였다.

"우리 중화인민공화국은 이번 일을 전화위복 삼아, 다시 일어날 것입니다."

짝짝짝짝!

소샤오창의 발표가 끝나자, 여기저기서 박수 소리가 울려 퍼졌다.

이는 그의 연설이 훌륭해서가 아니라 중국이란 거대국가의 주석으로서 패전이나 다름이 없는 이번 협정서에 서명을 하여 인명 피해를 최소화했다는 것에 대한 감사하는 마음에서 나온 것이었다.

"우리 대한민국은 이번 전쟁을 거울삼아 다시는 이번 전쟁과 같은 일이 벌어지지 않길 바라는 마음에서 중국이 정상 궤도로 오를 때까지 협정서의 내용처럼 지원을 하겠습니다."

소샤오창 중국 주석에 이어 발표를 하게 된 정동영 대통령은 전쟁의 후유증에 시달릴 중국이 이전처럼 경제가 회복될 때까지 지원을 하겠다고 이야기했다.

촤좌좌좌!

정동영 대통령의 발표가 끝나기 무섭게 여기저기서 카메라 셔터 소리가 울렸고, 카메라 플래시가 번쩍였다.

소샤오창 주석과 정동영 대통령의 발표가 끝나자 장내는 순식간에 소란스러워졌다.

그도 그럴 것이, 양국 정상들의 종전 발표가 끝났으니 이제 남은 것은 기자들의 질의응답 시간이었기 때문이다.

그러다 보니 가장 먼저 양국 정상에게 질문을 하기 위해 눈치 싸움을 벌이는 것이었다.

*   *   *

[대한민국과 중화인민공화국은 더 이상 그 어떠한 무력 행위도 하지 않을 것을 천명합니다.]

TV에서는 중국 장쑤성 난징시에서 행해지는 대한민

국과 중화인민공화국의 종전 협정 선언식이 진행되는 모습이 송출되고 있었다.

틱!

긴급 속보로 날아온 대한민국과 중국의 종전 소식으로 인해 잠시 멈췄던 이야기를 다시 하기 위해 TV를 껐다.

"축하하네."

UAE의 국방 장관이며 두바이의 왕자인 만세르는 자신의 앞에 앉아 있는 수호를 보며 축하의 말을 전했다.

"감사합니다. 이 모든 것은 왕자님께서 저희를 도와주셨기 때문입니다."

축하를 받은 수호는 한국인의 겸양을 그대로 전달했다.

중국과의 전쟁의 승리는 그동안 준비를 해 온 국군의 힘이 컸지만, 그래도 부족한 공군 전력을 진원해 준 UAE의 힘도 큰 몫을 했기에 그렇게 말한 것이었다.

"그거야 안전한 후방에서 우리 공군의 실전 경험을 쌓을 수 있게 해 주겠다는 자네의 약속을 믿었기에 지원을 한 것인데, 무슨……."

실제로 보고를 받기로 UAE 소속 공군 조종사들은 한국과 중국의 전쟁에서 그리 큰 실전 경험을 쌓은 것은 아니란 보고를 받았다.

그도 그럴 것이, 어찌 되었든 외국의 군대에 부탁을 하여 원조를 받는 것인데, 전장의 최전선에 내보낼 수는 없었기 때문이다.

그저 한국 공군의 한 축에서 보조를 하는 것만으로도 한국에는 많은 도움이 되었다.

사실대로 이야기를 하자면, 대한민국 군 지휘관들은 중국의 공군 능력에 약간의 두려움을 가지고 있었다.

중국의 J—10 이상의 정규 전투기는 한국 공군이 보유한 전투기에 비해 크게 떨어지지 않는 평가를 받고 있었다.

한국 공군이나, 군 지휘관들이 이런 판단을 한 이유는 중국이란 나라가 공산 국가이다 보니 그들이 보유한 무기들의 스펙이 외부에 공개되는 일이 드물어서였다.

더욱이 중국이란 나라는 우주에 로켓과 인공위성을 발사한 국가였기에 그런 평가를 하는 것이 당연했다.

그럼에도 대한민국 군 관계자들이 조심을 한 이유는 중국 공군 전투기 조종사의 수 때문이었다.

조종 실력이 떨어져도 숫자 앞에서는 어쩔 도리가 없었다.

어느 정도의 숫자 차이라면 상관이 없지만, 중국 공군의 주력 전투기 전력은 한국의 세 배에 달했다.

그러다 보니 한국의 입장에선 부족한 전투기 전력을

채우기 위해 UAE에 도움을 요청할 수밖에 없던 것이다.

그런데 전쟁이 발발하고 막상 뚜껑을 열어 보니 예상 밖으로 중국 공군의 전력은 형편이 없음이 밝혀졌다.

태국 공군과의 모의 전투에서 어째서 그런 교전비가 나왔는지 여실히 드러난 것이다.

어떻게 보면 실전 경험이 부족한 UAE의 전투기 조종사와 엇비슷한 실력을 가지고 있다고 판단이 될 정도였다.

그렇게 따지면 중국 공군과 UAE의 공군이 맞붙게 된다면, 중국 공군 전투기 조종사보다는 UAE 전투기 조종사가 승리할 공산이 컸다.

그 이유는 바로 UAE의 전투기가 중국 공군이 타고 있는 전투기보다 성능이 훨씬 뛰어나기 때문이다.

중국 공군의 경우 전투기가 무려 1,000기에 달하지만, 그중 4세대 이상 전투기는 그리 많지 않았다.

중국 공군이 보유한 전투기 중 4세대 이상의 전투기의 비중은 300기에도 못 미쳤다.

그에 반해 한국 공군의 4세대 이상 전투기 보유 수는 450기 가량이며, UAE에서 100기를 지원했기에 550기의 4세대 이상 전투기를 한중 전쟁 당시 사용할 수 있었다.

그리고 이 중 250기 가량이 4.5세대 전투기였다.

거기다 중국의 전투기, 아니, 모든 무기는 공개된 스펙보다 훨씬 성능이 미달됐기에 그 차이는 더욱 심했다.

그런 이유 때문에 중국 공군은 수적 우세에도 불구하고 대한민국 공군과 맞붙어 단 한 차례도 공중 우세를 점하지 못했다.

이러한 이유 때문에 파견을 나갔던 UAE의 전투기 조종사들은 아무런 피해도 입지 않고 실전 경험을 쌓고 돌아올 수 있던 것이다.

비록 몇 차례 실전을 겪지는 않았지만, 그것만으로도 충분히 실전에서 어떻게 전투기를 운용해야 할지 감을 잡았다.

"UAE와 왕자님의 적극적인 도움으로 저희는 많은 도움을 받았습니다. 이에 보답하고자 합니다."

수호는 한 번 더 UAE와 만세를 왕자를 띄우며 이야기를 시작했다.

그리고 이런 수호의 이야기에 만세르 왕자는 가만히 듣고 있었다.

"우선, 약속했던 K—9U의 장거리 포탄을 판매할 것입니다. 그리고 이번에 저희 SH인더스트리에서 개발한 세포 재생 장치 일곱 기를 UAE에 제공하겠습니다."

대한민국 군에도 기증을 한 세포 재생 장치를 수호는 이번 전쟁에 도움을 준 UAE에도 기증하기로 결정을 내렸다.

"어느 곳에 설치를 할지는 왕자님께서 말씀하시면 저희가 그곳에 설치를 해 드리겠습니다."

"아!"

수호의 말이 떨어지기 무섭게 만세르 왕자는 저도 모르게 감탄을 했다.

그도 그럴 것이, 방금 전 수호가 언급한 세포 재생 장치는 그 또한 토픽을 통해 들어 보았다.

세포 재생 장치는 어떤 화학약품도 사용하지 않고 그저 전력을 이용해 레이저를 발생시켜 외상을 치료하는 것뿐만 아니라, 돌연변이 세포도 원래대로 복구를 한다고 전해졌다.

그와 함께 인류가 완벽하게 암을 정복했다는 이야기까지 했다.

실제로 암에 걸린 사람을 대상으로 임상 실험 중에 세포 재생 장치가 암세포를 죽이고 정상 세포를 생성하는 것에 성공을 했다.

물론 그 정도까지 가려면 아직 갈 길이 멀기는 하지만, 그것만으로도 인류에게는 희망적인 소식이 아닐 수 없었다.

이를 접한 만세르 또한 같은 생각이었다.

그리고 그 또한 권력자다 보니 가장 큰 관심사는 잘 먹고 잘 사는 것이었다.

하지만 그러한 권력자도 질병 앞에서는 사실 일반인이나 다름이 없었다.

그러했기에 SH인더스트리에서 세포 재생 장치란 것이 개발이 되었다는 소식을 들었을 때, 가장 먼저 그것을 구매하고 싶어 하던 사람 중 한 명이 바로 만세르 왕자였다.

그런데 그런 것을 무려 일곱 대나 무상으로 자신들에게 주겠다니.

"그게 정말인가?"

"무엇이 말입니까?"

세포 재생 장치 일곱 대를 자신들에게 무상으로 주겠다는 소리에 놀란 만세르 왕자가 물었지만, 앞뒤를 다 자르고 한 질문이다 보니 수호는 되물을 수밖에 없었다.

문맥상 그것이 방금 전 이야기한 세포 재생 장치일 것이라 짐작은 하지만, 다른 사람도 아니고 한 국가의 국방 장관이자, UAE의 토후국 중 두 번째로 큰 두바이의 왕자였기에 조심할 필요가 있었다.

"그거 말일세. 방금 전 자네가 말한 세포 재생 장치

말이야."

만세르 왕자는 급격히 상기된 표정으로 물었다.

그런 만세르 왕자의 모습에 수호는 얼른 표정을 바로하며 대답을 했다.

"대한민국은 도움받은 것은 절대로 잊지 않습니다."

"물론 그러한 한국인의 특성은 저희도 잘 알지요."

어느새 만세르 왕자의 말투도 바뀌어 있었다.

"조언을 하자면, 기증을 하는 세포 재생 장치 일곱 대중 세 대는 UAE의 영공을 수호할 공중순양함 세 척에 각각 한 대씩 배치하길 권합니다."

수호가 이렇게 권한 이유는 공중순양함의 경우 우주에 가장 근접한 성층권에서 장기간 활동을 하기 때문이다.

그렇게 되면 공중순양함에 타고 있는 승무원들은 우주에서 들어오는 많은 방사성 물질에 노출이 된다.

그 때문에 암 발병률이 지상에 있는 사람들에 비해 몇 배나 높아질 수도 있었다.

그렇기에 이들을 위해 세포 재생 장치를 공중순양함에 설치할 것을 권하는 것이었다.

이러한 설명을 들은 만세르 왕자는 고개를 끄덕이며 수긍했다.

"그런 이유라면 당연히 그렇게 해야지."

세포 재생 장치를 무엇 때문에 공중순양함에 배치를 해야 하는지 들은 만세르 왕자도 수호의 의견에 동조를 했다.

나라를 위해 희생을 하는 이들에게는 당연히 그에 따른 보상이 따라야 한다고 생각하고 있었다.

그런데 탄도미사일을 막는 데에 지대한 역할을 하는 공중순양함이 그러한 위험을 안고 있었다는 것은 모르고 있었다.

비록 공중순양함에 방사능 차폐 기능이 있다고는 하지만, 100% 완벽하다고 장담할 수는 없는 일이었다.

그렇기에 수호도 세포 재생 장치를 개발하는 것에 많은 예산을 투입한 것이기도 했고.

다행히 빠른 시일 안에 가시적 성과를 냈고, 공중순양함이 실전 배치가 되고 몇 달 만에 개발 완료가 된 것은 정말이지 하늘이 도운 것이라 할 수 있었다.

그런데 다 좋은데, 공중순양함 세 척에 세 대의 세포 재생 장치를 배치하면, 남은 네 대의 세포 재생 장치는 어느 곳에 배치를 해야 할지 참으로 난감했다.

그도 그럴 것이, UAE는 단일 국가가 아니라 일곱 개의 토후국이 연합을 한 국가였다.

그렇기에 이런 중요한 것을 어느 곳에는 설치를 하고, 어느 곳에는 배정을 하지 않으면 불만의 목소리가 나올 수도 있었다.

물론 힘의 논리로 수도인 아부다비와 두 번째로 크고 부유한 두바이에 각각 두 대씩 분배할 수도 있었지만, 그러기에는 부담이 되었다.

"그럼 혹시 그것을 세 대 정도 따로 구매할 수 없나?"

만세르 왕자는 혹시나 하는 마음에 세 대의 세포 재생 장치를 구매할 수 있는지 물었다.

"구매야 가능은 하지만, 가격이……."

세포 재생 장치를 한 대 만드는 비용은 결코 싸지 않았다.

그도 그럴 것이, 세포 재생 장치에서 세포 활성화를 시키기 위해 쏘는 레이저 파장을 안정적으로 공급하기 위해선 일정한 파장을 내는 보석이 필요했다.

그것을 찾고 가공을 하고, 또 안정적으로 에너지를 공급하게 만들기 위해선 많은 공정과 첨단 과학기술이 들어간다.

"돈이라면 문제되지 않을 것이네."

"알겠습니다. 그럼 세포 재생 장치 대 당 가격이 1억 달러가 되는데 괜찮겠습니까?"

수호는 장치 한 대의 가격이 무려 1억 달러라는 말을 하였다.

결코 싼 가격이 아니었다.

하지만 어떻게 생각하면 그리 비싼 가격도 아니기도 했다.

그도 그럴 것이, 무려 암세포도 정상 세포로 돌리는 치료 기기였다.

무엇보다 권력자들은 자신의 생명과 직결된 문제에 한해선 그 금액을 논하지 않는다.

막말로 토후국들의 국왕들을 모아 놓고 이런 물건이 있으니 돈 좀 내놓으세요, 라고 말해도 그 말을 듣지 않을 사람이 누가 있겠는가.

"그 정도밖에 하지 않나?"

1억 달러란 가격을 들은 만세르 왕자는 눈을 동그랗게 뜨며 가격이 그것밖에 나가지 않냐며 놀랐다.

"물론 이것은 왕자님에 한해서 드리는 특가입니다."

1억 달러밖에 하지 않냐는 질문을 받은 수호는 빙그레 웃으며 농담을 건넸다.

그런 수호의 농담을 들은 만세르 왕자는 잠시 그 말의 의미를 알지 못했다가, 수호의 표정을 보고서야 그가 자신에게 농담을 했다는 것을 깨닫고는 웃음을 터트렸다.

"하하하하!"

사실 그것은 농담이면서도 농담이 아닌 진실이었다.

물건의 최초 가격은 판매하는 사람의 마음이었다.

특히나 이번 세포 재생 장치와 같은 기존에 없는 아주 특별한 물건이라면 더욱 그랬다.

"그리고 UAE에 드릴 것이 더 있습니다."

수호는 안 그래도 좋은 분위기인데 여기서 좀 더 줄 것이 있다고 이야기를 꺼냈다.

"뭐? 더 줄 것이 있다고? 그게 무엇인가?"

만세르 왕자는 이번에는 어떤 것으로 자신을 놀라게 할 것인지 궁금하다는 느낌이 가득 한 눈으로 수호를 보았다.

"UAE는 대부분의 국토가 모래와 황무지로 이루어져 식량 수급을 대부분 외국에서 수입하는 것으로 알고 있습니다."

"음……."

수호의 이야기를 들은 만세르 왕자는 저도 모르게 침음을 흘렸다.

그것은 UAE의 오래된 고민거리였기 때문이다.

UAE는 페르시아만에 위치해 있으며, 석유 산유국으로서 많은 부를 축적한 나라였다.

그렇지만 전 국토가 사막화 내지는 황무지로 뒤덮인 나라이기도 했다.

그 때문에 식량을 외국에서 수입에 의존한 국가였다.

석유와 진주 그리고 관광산업으로 돈을 벌긴 하지만, 그만큼 식량을 구입하는 데에 돈을 사용하고 있었다.

　또 호르무즈해협을 두고 적성국인 이란과 마주하고 있어 언제든 전쟁을 준비해야 하는 나라이기도 했다.

　그런데 UAE의 고민거리 중 하나인 식량문제를 언급을 하는 수호에게 무언가를 느꼈는지, 만세르 왕자의 눈빛이 빛났다.

　"설마 그것을 자네가 해결해 주겠다는 말인가?"

　뭔가 기대가 섞인 말이었다.

　"500만이 자급자족을 할 수 있게 기술을 지원해 드리겠습니다."

　수호는 눈빛 하나 바뀌지 않고 인구 500만 명이 먹을 수 있는 식량을 자급자족할 수 있게 기술을 전수해 주겠다는 말을 했다.

　"그게 가능한가?"

　이를 들은 만세르 왕자는 눈을 동그랗게 뜨며 질문을 했다.

　그도 그럴 것이, UAE는 해안가 빼고는 물이 거의 없는 사막과 같은 환경이었다.

　그런 곳에서 어떻게 인구 500만 명이 먹을 수 있는 식량을 생산할 수 있는지 이해할 수가 없었다.

　"한국인들에게 사막에서 농사를 짓는 기술은 그리 어

려운 것이 아닙니다."

사막에서의 식량 생산이 가능하냐 물어보는 만세르 왕자를 보며 수호는 빙그레 미소를 지으며 대답을 했다.

실제로 한국인들은 이곳과 비슷한 곳에서 쌀과 채소를 생산하는 기술을 선보이고 있었다.

그로 인해 쿠웨이트나 아프리카에서는 그곳 기후와 토질에 맞는 쌀과 감자, 그리고 신선한 채소를 생산해 현지인들에게 많은 농가 수입을 가져다주었다.

이는 SH 그룹 내에 있는 바이오 산업부에서도 확보하고 있는 기술이었기에 만세르 왕자에게 자신 있게 말을 하는 것이었다.

이 기술을 UAE에 판매를 하면 막대한 돈을 벌 수도 있지만, 수호는 그렇게 하지 않았다.

도움을 받았으면 그에 대한 보답을 할 줄 알아야 한다는 것이 그의 지론이었으니까.

2. 토목공사

인구 500만 명이 자급자족한다는 것은 사실 무척이나 어려운 일이다.

그도 그럴 것이, 인간이 살아가는데 필요한 의식주 중 가장 어려운 것이 바로 먹는 것이었기 때문이다.

옷은 없어도 되고, 집이야 주변 환경을 이용해 적당히 뜨거운 햇살과 비바람을 막아 줄 수 있을 정도만 되어도 충분하다.

하지만 먹는 것은 이렇게 간단히 해결될 수 있는 문제가 아니었다.

그중에서도 가장 중요한 것은 뭐니 뭐니 해도, 먹는

물이었다.

특히나 UAE와 같은 사막지대가 많은 곳에서는 특히 더했다.

석유 자원이 풍부하여 자원 부국이라 할 수 있는 UAE에서 사실 이 물만큼이나 중요한 자원도 없었다.

그러다 보니 사막지대인 UAE에서 500만 명이 자급자족할 수 있는 식량과 물을 확보하는 것은 쉽지 않은 일이었다.

아니, 이는 불가능한 일이라 할 수 있었다.

하지만 수호는 UAE의 국방 장관인 만세르 왕자의 앞에서 선언을 했다.

물론 이는 자신이 있었기에 할 수 있는 말이었다.

보통 사람이라면 불가능한 일이겠지만, 수호는 이를 충분히 가능하게 만들 아이디어와 이를 실천할 기술력이 있었다.

사실 아이디어는 알고 보면 별거 아니었다.

우선 첫 번째는 첨단 IT 기술을 이용한 스마트 팜 농경법이었다.

발달된 과학기술은 농사 분야에서도 획기적인 발전을 이룩했다.

그래서 건조한 사막에서도, 혹한의 극지방에서도 농사를 지어 신선한 채소를 길러 자급자족할 수 있게 만

들어 주었다.

이런 스마트 농법에서 가장 발전된 나라가 바로 대한
민국이었고, 수호가 회장으로 있는 SH 그룹 내에서도
이런 스마트 팜 기술이 최고조로 연구가 되고 있었다.

그러니 이것을 이용해 UAE에 신선한 채소와 과일을
재배할 수 있게 기술을 전수하고, 건조한 사막지대를
개발하여 녹지를 늘려 식량을 생산할 수 있는 기반을
만들어 줄 생각을 한 것이었다.

＊   ＊   ＊

크르르릉!

"조심해서 옮겨!"

뜨거운 태양 아래 하얀색 안전모를 쓴 사내는 무전기
를 들고 거대한 크레인을 움직이는 기사를 향해 무전을
날렸다.

사내가 이렇게 소리를 치는 이유는 지금 옮기고 있는
컨테이너 하나하나가 자신들의 연봉의 몇 배나 되는 고
가의 장비였기 때문이다.

최첨단 컴퓨터 시스템이 내장되어 자동으로 컨테이너
내부의 습도와 온도를 조절하고, 일정 시간마다 영양분
과 물을 공급하는 장치들이 내장되어 있었다.

이는 SH인더스트리에서 개발한 물건으로, SH인더스트리는 방위산업체였지만, 무기만 만드는 회사가 아니라 일반 시중에서도 통용될 수 있는 이런 스마트 팜 기기도 생산을 하고 있었다.

우우웅!

쿵!

스마트 팜 시스템이 장착된 컨테이너 한 동이 자리를 잡았다.

컨테이너를 옮기기 위해 연결된 고리가 풀리자, 이번에는 또 다른 작업자들이 달라붙어 컨테이너에 무언가를 연결시켰다.

그것은 바로 스마트 팜 시스템이 작동하기 위해 필요한 동력전달장치였다.

그리고 컨테이너의 주변에는 검정색 태양광 패널이 즐비해 있었다.

석유 자원이 풍부한 UAE였지만, 자원은 최대한 아끼는 것이 좋았다.

그렇기에 수호는 일부러 이곳에 태양광 패널을 설치해 스마트 팜 시스템에 필요한 전력을 자체 수급을 하기 위한 시스템을 구축했던 것이다.

이렇게 작업자들이 스마트 팜 시스템을 구축하고 있는 건설 현장을 저 멀리서 지켜보는 이들이 있었다.

하얀 터번을 둘러쓴 UAE의 왕족들이었다.

＊　　　＊　　　＊

"만세르 왕자, 저것이 SH 그룹에서 약속한 그것인가?"

UAE의 대통령이자 아부다비의 국왕인 무함마드 빈 자이드 알 나하얀은 두바이의 왕자이자 UAE의 국방 장관인 만세르를 보며 물었다.

"네. 지금 보시고 계신 것이 바로 SH 그룹에서 저희 UAE에 선물해 준 스마트 팜이란 것입니다."

만세르 왕자는 대한민국이 중국과의 전쟁을 벌일 때, 전투기 조종사를 지원해 준 보상으로 수호가 약속한 것을 선물이라 말하였다.

솔직히 그가 생각하기에 지금 SH 그룹이 UAE에서 건설하고 있는 스마트 팜 시스템은 절대 쉽게 생각할 수 있는 규모가 아니었다.

그런데 수호가 약속한 것은 비단 스마트 팜 시스템뿐만이 아니었다.

아니, 스마트 팜 시스템은 그저 시작에 불과했다.

알아인 국제공항 북쪽에 건설되고 있는 대규모 토목 공사는 부국인 자신들이라도 쉽게 행하기 힘든 엄청난 자금이 들어가는 프로젝트였다.

그런데 SH 그룹은 전혀 개의치 않고 공사를 시작했다.

알아인 북쪽의 황량한 사막을 농작물을 수확할 수 있는 농경지로 만들기 위한 기초공사가 시작된 것이다.

사실 UAE에서도 막대한 식량 수입액을 줄이기 위해 이런 사막 위에 농경 시설을 건설하는 프로젝트를 시행한 적이 있었다.

그 또한 한국의 농촌진흥청과 함께한 프로젝트였다.

사막 한가운데서 농사를 짓는다는 것은 사실 말이 쉽지 실천은 거의 불가능에 가까운 일이었다.

그런데 그것을 성공시켜 버렸다.

사막의 모래 위에 방수포를 깔고, 그 위해 흙을 쏟고 물을 부어 농사를 지을 수 있는 토양을 만들었다.

그리고 단위면적당 가장 많은 식량을 생산할 수 있는 쌀을 심어 성공을 했다.

하지만 결과적으로 절반의 성공에 그치고 말았는데, 사막에서 물을 구하는 일이 쉽지 않았기 때문이다.

사막에서 물을 얻기 위해서는 어쩔 수 없이 해수를 담수화하여 물을 만들어 농토에 가져다 붓는 수밖에 없었다.

그러다 보니 식량의 생산 단가가 올라갈 수밖에 없게

되었다.

물론 그렇게 생산된 쌀은 외국에서 수입해 오는 것보다는 싸고, 맛도 좋았다.

그렇지만 UAE의 모든 국민이 이곳에서 생산되는 쌀로 식량을 수급하기에는 너무도 부족한 게 현실이었다.

더욱이 물 관리를 잘못하면 기껏 기른 벼들이 모두 강렬할 햇빛에 말라 버려 쓸모가 없어지기 일쑤였다.

그래서 그들도 포기하고 있었는데, SH 그룹에서 획기적인 방법이 나왔다.

사막이라고 비가 아예 오지 않는 것은 아니었다.

다만, 지형이 사막이다 보니 모래 사이로 빗물이 모두 스며들어 농업에 필요한 지표에서 금방 증발해 버리는 것 때문에 농사를 짓지 못하는 것이었다.

이에 수호는 넓은 범위에 지하 수로와 집수정을 만들어 물을 한곳으로 모은 다음, 농지에 필요한 물을 공급한다는 아이디어를 냈다.

만약 이 아이디어가 성공을 한다면, 해수 담수화 플랜트를 더 늘리지 않더라도 충분히 사막 한가운데에 농경지를 만들 수 있을 것으로 보였다.

사실 이것은 수호가 아이디어를 낸 것이 아니라, 슬레인이 낸 아이디어였다.

이는 동남아시아나 적도 인근의 섬에서 빗물을 받아

식수로 이용하는 것에서 아이디어를 착안한 방법이었다.

이를 들은 수호도 가능성이 있다고 판단하여 이를 만세르 왕자에게 알려 준 것이었다.

그리고 현재, 알아인 북쪽에 시범적으로 공사가 시작되었다.

300,000,000㎡ 상당의 넓이에 토목공사를 하는 것이지만, 그곳에서 얼마의 농지가 나올지는 알 수 없었다.

하지만 만약 이 프로젝트가 성공을 거둔다면, 알아인 지역뿐만 아니라 UAE 전역에 이와 비슷한 사업이 진행이 될 것이었다.

그렇게 된다면 UAE는 식량으로부터 자유로운 나라가 될 것이 분명했다.

그렇기에 이 프로젝트는 사실 만세르 왕자뿐만 아니라, UAE 모든 이들의 관심사였다.

"알아인의 그곳은 잘 진행이 되고 있나?"

무함마드 국왕은 조심스럽게 물었다.

지금 보고 있는 스마트 팜이란 것도 중요하지만, 무엇보다 중요한 것은 UAE의 식량 자급자족의 기틀이 될 알아인의 그것이 가장 중요했기 때문이다.

"SH의 기술력이라면 지금 보고 계시는 것처럼 알아

인에서도 충분히 계획대로 진행이 될 것입니다."

만세르 왕자는 갑작스러운 할리파 국왕의 건강 악화로 아부다비의 국왕이 된 무함마드 국왕을 보며 차분하게 설명을 해 주었다.

"그들의 기술이라면 충분히 계획대로 공사가 이루어지겠지."

작년에 처음 본 SH 그룹의 기술력은 무함마드 빈 자이드 알 나하얀에게 충격을 주기에 충분했다.

초음속으로 날아오는 탄도미사일을 공중에서 요격하고, 포탄도 자주포에서 쏜 포탄으로 요격을 하는 모습을 목격한 그로서는 SH 그룹의 기술력을 믿지 않을 수가 없었다.

"만약 알아인의 프로젝트가 성공을 한다면, 전국에 몇 곳 더 설치하여 충분한 식량을 생산해 내 유럽으로부터 식량 독립을 할 수 있을 것입니다."

만세르 왕자는 두 눈을 반짝이며 보고를 했다.

"맞아. 반드시 프로젝트를 성공시켜 식량 독립을 해야 해."

열악한 환경으로 인해 생존을 외국에 의존해야만 하는 UAE의 입장에선 이보다 중요한 일이 없었다.

국방력이야 이제는 충분히 갖춰져 어느 정도 여유를 찾았다.

한국에서 구매한 MD체계로 인해 더 이상 이란의 탄도미사일을 두려워할 필요가 없어졌다.

아니, 없어진 정도가 아니라 이제는 도리어 이란이 UAE의 공격을 걱정해야만 하는 지경에 이르렀다.

그도 그럴 것이, 한국이 이번 한중 전쟁에서 UAE가 준 도움에 대한 보답으로 각종 신무기들을 이들에게 허가해 주었다.

그로 인해 UAE는 대한민국 국군만 보유한 초장거리 신형 자주포를 운용할 수 있게 되었다.

비록 그 숫자는 스물네 대에 불과했지만, 이는 결코 작은 전력이 아니었다.

또한 사거리가 무려 1,000㎞나 되기에, 이란의 일부 지역을 빼고는 거의 대부분이 사거리에 들어왔다.

그리고 공군 전력 또한 예전의 UAE가 아니었다.

한국과 중국의 전쟁에 참전하여 실전을 경험한 200명의 공군 전투기 조종사들의 실력은 몰라보게 향상이 되었다.

또한 이들이 모는 KFA—01U의 경우, 이란 공군이 보유한 가장 강력한 전투기인 F—14를 부분적으로 능가하는 성능을 가지고 있었다.

더욱이 그런 최신예 4.5세대 전투기를 무려 200기나 보유하게 되었으며, 스텔스 버전 또한 100기나 보유할

예정이었기에, 현재 UAE의 국방력은 중동에서 적수를 찾아보기 힘들 정도로 강력했다.

사실 UAE의 군사력은 그 국토 크기에 비해 너무도 비대하다고 할 수 있는 엄청난 전력이었다.

그럼에도 무리하게 4.5세대 전투기인 KFA—01U를 200대나 구매하고, 거기에 더해 5세대 스텔스 버전의 전투기를 주문한 것은 모두 지정학적 요인도 있지만, UAE에 대한 미국의 차별 때문이기도 했다.

각종 무기들을 엄청난 폭리를 취하며 판매를 하면서도 대우가 그리 좋지 않다는 것은 중동에 있는 이슬람 국가라면 모두가 알고 있는 사실이었다.

미국이 자신들의 무기를 구매한 이슬람 국가들에 대한 무력 옵션을 행사해 주고는 있기야 하지만, 그것은 너무도 당연한 것이었다.

다른 서방세계 국가들이 미국산 무기를 구매하는 것에 비해 비싸게 구매를 하는 것을 생각하면 당연한 것임에도, 미국은 그것이 당연하게 여기지 않고 자신들의 군사적 옵션을 받고 싶다면 계속해서 비싼 값으로 미국의 무기를 구매하길 강요했다.

특히나 이란의 위협을 바로 곁에서 받고 있는 UAE가 공중 전력이나마 우세를 점하기 위해 5세대 스텔스 전투기인 F—35를 구매하려 했지만, 미국은 이스라엘을 이유로 들어 F—35의 판매를 거부하였다.

이는 중동에서의 이스라엘의 전력 우위를 인정하겠다는 미국의 협약 때문이지만, 솔직히 이스라엘이 구매한 F—35와 미국의 다른 동맹들이, 아니, 정확하게는 2급 동맹이 보유한 F—35와는 근소하지만 차이가 분명 있었다.

이스라엘은 미국과의 군사협정으로 인해 그들이 구매한 모든 무기들을 자신들의 손으로 뜯어 보고 필요에 따라선 장비 교체도 가능했다.

이는 미국이 이스라엘을 얼마나 중요하게 생각하는지 알 수 있는 대목이었다.

이런 조건은 미국의 최우선 동맹이라 할 수 있는 영국에도 내주지 않은 조항이었다.

그런데 이런 파격적인 조항을 이스라엘에게는 내주었으면서도 비싼 가격에 무기를 구매하고 있는 UAE에는 스텔스 전투기인 F—35도 판매하지 않았다.

물론 UAE에 아주 기회가 없던 것은 아니다.

존 바이드 대통령 이전 도람프 대통령 집권 말기에 UAE에도 F—35를 구매할 수 있는 기회가 있었고, 대통령의 판매 허가 사인이 쓰였다.

하지만 존 바이드 대통령이 대선에 당선이 되고 업무를 인수인계를 받는 과정에서 F—35의 UAE 판매를 취소하였다.

취소한 이유는 페르시아만의 긴장 고조였다.

불과 50㎞의 좁디좁은 호르무즈해협을 두고 이란과 UAE가 군사적으로 긴장이 고조가 된다면, 세계의 원유 이동이 원활하지 못하게 되어 세계적인 공황을 발생시킬 수 있다는 이유에서였다.

하지만 그것이 핑계에 불과하다는 것은 누구나 알 수 있는 사실이었다.

이란과의 긴장 고조는 이스라엘과 미국이 더 고조시키고 있었기 때문이다.

이러한 이유 때문에 UAE는 더 이상 미국을 신뢰하지 않았다.

그렇기에 한국의 SH항공에서 아직 비행시험도 거치지 않은 KFA—01의 출고식에서 무려 200대의 전투기 구매 계약을 한 것이었다.

물론 계약 전에 시범 비행을 직접 보기는 했지만, 전투기 구매 계약을 하는 것 치고는 너무도 파격적인 일이 아닐 수 없었다.

그도 그럴 것이, 당시 KFA—01은 출고식을 하는 것이지, 양산을 하는 것이 아니었기 때문이다.

하지만 이것이 도화선이 되어 당시 함께 비행 시범을 보았던 많은 중동의 국가들이 SH와 전투기 구매 계약을 체결했다.

'한국과의 협력은 우리에게는 기회야.'

만세르 왕자는 저 멀리 스마트 팜 시스템이 구축되고 있는 현장을 보며 두 눈을 반짝였다.

*　　　*　　　*

쿠르르릉!

저 멀리 중동의 사막에서 녹색혁명을 이루기 위해 공사가 진행이 되고 있는 것처럼, 아시아 대륙의 동쪽 끝에서도 그와 비슷한 대규모 토목공사가 진행이 되고 있었다.

중국과의 전쟁에서 승리한 대한민국은 승리의 보상으로 받은 땅을 개간하기 위해 대규모 토목사업을 벌이기 시작했다.

그도 그럴 것이, 통일을 한 북한 지역이나, 중국으로부터 넘겨받은 동북 3성과 내몽고 지역은 무척이나 건조하고 황량한 땅이 대부분이었다.

더욱이 중국으로부터 땅뿐만 아니라 개인의 판단에 따라 그곳에 살고 있는 사람들은 국적을 선택해 남을 사람은 남고, 중국 국적을 끝까지 포기하지 않는 사람은 중국으로 이주시키기로 했다.

그리고 그곳에 남아 한국 국적을 취득한 중국인의 수는 생각보다 많아 대한민국 정부를 당황하게 만들었다.

　한국 정부가 당황한 것은 한순간에 인구가 무려 8천만 가까이 늘어난 것이었는데, 대한민국의 인구가 순식간에 1억 5천만 명이 되었다.

　그로 인해 대한민국에서는 이들을 먹일 식량문제가 대두되었다.

　다행이라면 미리 준비하고 있던 SH 그룹으로 인해 이 문제가 어느 정도 해결이 되었다는 점이다.

　하지만 대한민국의 모든 식량문제가 해결된 것은 아니었다.

　수호가 삼모작 내지 사모작을 하는 동남아에서 쌀과 각종 곡물들을 수입하였고, 정부가 비축 물자를 풀어 잠시 해결이 되었을 뿐이었다.

　즉, 올해가 아닌 다음 해 혹은 그 이듬해에는 분명 문제가 될 것이 분명했다.

　그리하여 대한민국은 통일된 한반도와 중국으로부터 넘겨받은 동북 3성과 내몽고 지역에 어떻게든 식량 생산 기지를 건설하기 위해 대규모 토목공사를 일으켰다.

　그런데 이런 토목공사는 뜻하지 않은 작용을 발생시켰는데, 그것은 대한민국 정부에게는 무척이나 좋은 징조였다.

대규모 토목공사는 전쟁으로 인해 스트레스를 받은 북한 주민들이나, 동북 3성의 한족과 조선족, 그리고 내몽고 지역의 몽고족들을 하나로 뭉치게 만들었다.

즉, 자신들의 삶의 터전이 중국에서 대한민국으로 편입이 된 것에 대해 약간의 거부감을 느끼고 있던 이들에게 일자리를 마련해 돈을 벌 수 있게 해 줌으로써, 그들이 대한민국 국민이 된 것을 긍정적으로 생각하게끔 만들었다.

"굳이 이렇게 대규모 토목공사를 벌인다고 식량문제가 해결이 되겠습니까?"

이제는 SH시큐리티의 부장으로 승진을 한 장재원이 조심스럽게 물었다.

수호가 자신들보다 훨씬 뛰어난 능력을 가지고 있음은 알고 있었지만, 중국과의 전쟁이 끝난 지 불과 한 달도 채 지나지 않았다.

그러다 보니 언제 어디서 수호를 암살하려는 저격수 내지는 테러 조직이 나타날지 알 수 없었다.

이런 이유 때문에 SH시큐리티나 그룹 내에서는 회장인 수호의 외유를 그리 반기지 않고 있는 중이었다.

"물론 이곳이 1년 강수량이 많은 곳은 아니지만, 그렇다고 농사를 짓지 못할 곳도 아니고, 또 찾아보면 물을 많이 사용하지 않고도 많은 수확을 할 수 있는 작물

울트라 코리아

도 많아.”

수호는 무슨 생각에서 장재원 부장이 그런 질문을 한 것인지 잘 알기에 별다른 표정 변화 없이 대답을 해 주었다.

“더욱이 예전 5천만 인구일 때야 식량 수급에 문제가 없었겠지만, 이젠 그 세 배나 넘게 인구가 늘어났잖아.”

수호는 토목공사를 하고 있는 지역을 관찰하는 눈을 돌리지 않은 채 자신을 수행하는 이들에게 계속해서 설명을 했다.

비록 수호가 SH 그룹의 회장이라 하지만 언제나 솔선수범했고, 지시를 내릴 때도 이를 실행하는 이가 그것을 이해하고 실행할 수 있게끔 자세히 설명을 해 주었다.

그럼으로써 일의 효율성을 늘려 지금의 SH 그룹을 이루었다.

물론 이런 것도 모두 그를 수행하는 슬레인과 인공지능들이 있기에 가능한 것이었다.

수호는 이번 대한민국의 대규모 토목사업에 막대한 예산을 투입하였는데, 낙후된 북한 지역의 발전 계획은 물론이고, 척박한 동북 3성의 개발과 내몽고의 황무지 개간에도 대한민국 정부보다 더 많은 예산인 300조 원을 투입하였다.

수호가 이런 천문학적인 예산을 사용할 수 있는 것은 전적으로 슬레인이 자신이 사용할 신체를 만들기 위해 초기에 슈퍼컴퓨터를 만들어 주식 투자를 하였고, 지금까지 계속해서 미국 월스트리트나 홍콩의 주식시장 등의 다양한 곳에서 돈을 벌었기에 가능한 것이었다.

"그런데 말이야."

수호는 갑자기 뭔가 생각이 난 것인지 장재원을 돌아보며 물었다.

"요즘 중국 정부는 어떻게 하고 있어?"

수호는 자신과 손을 잡고 진보국 정권을 무너뜨리고 중국의 권력을 잡은 소샤오린과 그의 큰아버지인 소샤오창의 근황에 대해 물었다.

비록 지금은 수호의 밑에 있지만, 한때는 대한민국의 정보 조직의 최고위에 있는 국가정보원의 에이전트였던 장재원이기에 물어본 것이었다.

장재원이 국정원에서 나온 지도 벌써 10년이 되어 가지만, 그래도 아직까지는 그곳에 인맥이 남아 있었다.

그리고 그것이 아니더라도 현 대한민국 정부는 통일 전쟁과 고토 회복 전쟁에 지대한 영향을 준 SH 그룹과 수호에게 절대로 척을 지려고 하지 않기에, 웬만한 극비 정보만 아니라면 제공했다.

"현재 그들은 기존 정권의 흔적을 지우기 위해 작업

을 하는 중이라 아직까지 저희에게 신경을 쓸 겨를이 없어 보입니다."

"흠……."

보고를 받은 수호는 침음에 잠겼다.

그도 그럴 것이, 그의 예상으로는 이맘때면 기존 진보국 정권의 흔적을 지우고, 소샤오창의 권력 승계가 마무리될 것이라 예상을 하고 있었는데, 아직까지 그러지 못한 것에 대한 의문이 들었기 때문이다.

'내가 소샤오린의 능력을 과대평가한 것인가? 아니면 내가 예상하지 못한 다른 변수가 생긴 건가?'

장재원의 보고를 들은 수호는 속으로 자신의 예상이 틀리게 된 원인을 파악하기 위해 고민을 했다.

그런 수호의 모습에 대화를 하던 장재원은 조심스럽게 자리에서 물러나면서 손짓으로 경호원들을 주변에서 물렸다.

수호가 이렇게 생각에 잠겼을 때는 그가 모든 고민을 해결하고 깨어날 때까지 방해를 하지 않는 것이 시간을 줄이는 일이란 것을 오랜 경험으로 파악했기 때문이다.

*   *   *

대한민국이 늘어난 국토를 균형 발전시키기 위해 대

규모 토목공사를 하고 있을 때, 한국과의 전쟁의 여파로 영토가 3분의 1로 줄어든 중국은 어떻게 해서든 전쟁의 후유증을 털어 내기 위해 여념이 없었다.

"저기다! 반동들이 달아난다!"

푸른빛을 머금은 얼룩무늬 군복을 입은 군인들이 좁은 골목을 뛰어다니며 고함을 지르고 있었다.

탕! 탕탕!

"반동들이 공격한다!"

막 도망치던 반동들을 붙잡기 위해 골목을 돌던 인민해방군의 앞으로 총알이 날아왔다.

털썩!

가장 선두에 달리던 병사는 미처 자신을 향해 날아오는 총알을 피하지 못했고, 그 자리에서 쓰러졌다.

"장첸!"

쓰러지는 병사를 보며 고함을 지른 장진룽 하사의 눈이 붉게 충혈이 되었다.

그도 그럴 것이, 적이 쏜 총에 맞아 쓰러진 장첸은 바로 그의 사촌 동생이었기 때문이다.

무시무시한 한국군과의 전투에서도 살아남은 장첸이 자신의 눈앞에서 쓰러지는 모습은 비현실적으로 느껴졌다.

"쌍!"

사촌 동생이 반동들이 쏜 총에 맞아 쓰러진 것을 목격한 장진룽의 눈이 돌아가 버렸다.

"죽여!"

뒤를 쫓던 자신들을 저지하기 위해 총을 쏜 적과의 거리는 불과 50미터도 되지 않았다.

텅! 탕탕탕!

동료의 죽음을 바로 앞에서 목격해서 그런진 몰라도 장진룽 하사의 발포 명령에 뒤따르던 인민 해방군들은 좁은 골목에서 아무런 거리낌 없이 총을 발사하였다.

혹시라도 총알이 살짝만 돌아가더라도 민가로 날아갈 수 있음에도 불구하고 이들의 손속에는 거리낌이 없었다.

이렇듯 중국의 도시 곳곳에서는 기존 진보국 주석을 지지하는 세력과 이를 처리하려는 새로운 권력층 간의 전투가 벌어지고 있었다.

분명 진보국과 그의 측근들은 수호와 SH시큐리티의 경호원들에 의해 소샤오린에게 인수인계가 되었다.

그래서 한국과 중국이 협정을 맺을 수 있던 것인데, 지금 상황은 그렇지 못했다.

한국은 중국으로부터 전쟁의 보상으로 받은 영토를 개척하기 위해 대규모 토목공사를 벌이는 것과 다르게, 중국은 혼란으로 빠져들고 있었다.

이렇게 된 것은 생각지도 못한 사건이 벌어졌기 때문이다.

붙잡힌 진보국과 그 측근들을 숙청하기 위해 이동 중, 내부에 생각지도 못한 배신자가 나와 이들 중 일부를 빼돌렸다.

그로 인해 진보국과 상무위원 일곱 명 중 두 명이 탈출을 하여 소샤오린과 북부전구의 지도부를 나라를 한국에 팔아먹은 매국노로 선포를 했다.

이 때문에 현재 중국은 기존의 진보국을 지지하는 세력과 새롭게 정권을 잡은 소샤오청의 북부전구 핵심 세력 간의 무장투쟁이 발발했다.

＊　　　　＊　　　　＊

한국과 중국의 전쟁 결과에 많은 사람들이 충격을 받았는데, 그중 일본의 지도부의 충격은 다른 어떤 나라들보다 더 강력했다.

"문제가 심각합니다."

고노스케 관방 장관은 심각한 표정으로 중얼거렸다.

이를 들은 나가토 외무상이 미간을 찌푸리며 물었다.

"뭐가 심각하다는 것입니까?"

"조선말입니다. 조선이 통일이 되었어요. 아니, 통일

이 아니라 땅이 거의 열 배 가까이 늘어났습니다."

고노스케 관방 장관은 과장을 더해서 말했다.

그런데 그는 대한민국이라 말하지 않고, 오래전 멸망한 조선이란 국호를 언급하며 떠들었다.

"한 나라의 관료가 상대국에 대해 정확하게 알지 못하고 있는 겁니까? 조선이란 나라는 없습니다. 그러니……."

"아아, 조선은 어디까지나 조선일 뿐입니다."

자신의 말이 틀렸다는 것을 지적받자 고노스케 관방 장관은 중간에 말을 끊으며 제 할 말만 했다.

이런 고노스케 관방 장관의 모습에 미간을 찌푸린 나가토 외무상은 굳게 입을 다물었다.

비록 한국을 좋아하지는 않지만, 그렇다고 한국을 폄하할 생각도 없는 그로서는 유치하게 나오는 고노스케 관방 장관의 모습이 한심스러워 말을 섞고 싶지 않았다.

조선이 망한 지도 벌써 100년이 넘었다.

그럼에도 일본 정부 안에 저렇게 무지한 이들이 중요한 자리에 앉아 있는 것이 참으로 한심스러웠다.

"그만. 우리끼리 이렇게 다툰다고 문제가 해결이 되는 것이 아닙니다."

각을 세우는 고노스케 관방 장관과 나가토 외무상을

총리인 나카소네가 나서서 중재를 했다.

하지만 이미 빈정이 상한 나가토 외무상은 말없이 시선을 다른 곳으로 돌렸다.

그런 나가토 외무상의 반응에 중재를 나선 나카소네 총리가 미간을 찌푸렸다.

사실 나가토 외무상과 파벌이 다른 나카소네의 입장에선 그가 참으로 계륵이 아닐 수가 없었다.

마음 같아서는 자신의 파벌 쪽 인사로 대체를 하고 싶었지만, 그렇게 하면 대외적으로 문제가 생길 수 있었다.

이전 자신의 생각대로 정부를 개각하였다가 한 번 낭패를 보았기에, 중도 우파인 나가토를 외무상의 자리에 앉혀 놓은 것이었다.

그렇기에 그가 마음에 들지 않더라도 어쩔 수가 없었다.

그리고 같은 파벌에 속하긴 하지만, 고노야마 관방장관도 솔직히 마음에 들지 않았다.

입이 가벼워 중요한 정보들을 수시로 언론에 흘리는 것은 물론이고, 주변국에 대고 막말을 일삼는 바람에 자신의 집권 중 외교 문제로 비화 된 일이 한두 번이 아니었다.

그때마다 자신은 모르쇠로 일관했지만, 어찌 되었든

정치적 부담이 되는 것이기에 할 수만 있다면 잘라 버리고 싶었다.

"일단 회의에 집중하기 바랍니다."

모든 것이 마음에 들지 않았지만, 지금은 그런 것을 따질 때가 아니었다.

몇 년 전부터 계속해서 발생하고 있는 환태평양지진대, 일명 불의 고리라 불리는 곳에 걸쳐 있는 일본의 입장에선 수시로 벌어지고 있는 진도 6 이상의 강진으로 인해 모두가 불안을 안고 살아가고 있었다.

특히나 최근 들어 화산재를 뿜어 대고 있는 후지산의 움직임이 심상치 않았다.

1,000년 주기로 대폭발을 하는 후지산이 마지막으로 폭발을 일으킨 것이 지금으로부터 1,300여 년 전이다.

그 말인즉슨, 언제 후지산이 대폭발을 일으켜도 이상하지 않다는 소리였다.

그런데 불의 고리인 환태평양조산대의 움직임도 활발해지고 있는 이때, 휴화산이 되었다고 생각한 후지산까지 대폭발의 전조가 보이고 있으니, 요즘 같아서는 괜히 총리가 되었다는 후회만 가득했다.

"아직 늦지 않았습니다."

느닷없이 늦지 않았다고 말을 하는 고노스케 관방 장관의 말에 회의장에 있는 대다수의 관료들이 그를 쳐다

보았다.

"조선이 그런 것처럼, 우리도 대륙에 영토를 만드는 것입니다."

"아니, 뭐요!"

무슨 기막힌 아이디어가 있을 것이라 생각하던 관료들은 황당한 고노스케 관방 장관의 말에 어처구니가 없었다.

도대체 어떻게 대륙에 교두보를 만들고, 영토를 확보한다는 말인가.

지금은 20세기 초가 아니었다.

일본과 마주한 국가들은 이제 일본의 군사력을 능가하는 강대국들만이 존재했다.

물론 저 남서쪽으로 향하면 일본보다 군사력이 떨어지는 몇몇 나라가 나오기는 하지만, 그곳은 일본과는 너무도 멀어 영토를 확보할 수 있다고 해도 관리가 불가능했다.

또 결정적으로 현대에서는 그런 일이 발발했을 때, UN에서 가만히 두고 보지 않는다.

그렇기에 지금 고노스케 관방 장관이 하는 소리는 개소리나 다름이 없었다.

"한국이 있지 않습니까? 한국이요."

"한국말입니까?"

"허, 중국과의 전쟁에서 승리를 한 한국을 타깃으로 전쟁을 하자는 말입니까?"

해외 영토를 확보하는 일에 그 타깃을 한국으로 잡자는 고노스케 관방 장관의 어처구니없는 말에 여기저기서 황당하다는 표정으로 질문을 쏟아 냈다.

3. 일본의 망상

심양 인근의 대농지 건설 부지를 다녀온 수호는 간단하게 샤워를 마치고 거실로 나왔다.

"가을에 피는 야생 꽃 100종을 햇볕에 말린 꽃차입니다."

50대 중후반으로 보이는 사내가 수호의 곁으로 다가와 꽃차를 권했다.

"슬레인, 고마워."

"아닙니다. 제가 당연히 해야 할 일입니다."

수호에게 꽃차를 권한 이는 사람이 아닌 이번에 완성한 슬레인의 육체였다.

티타늄 뼈대에 최대 30마력을 내는 인공 근육을 두르고 있고 인간의 피부와 흡사하지만, 강철보다 50배는 더 질긴 인공 피부를 이식한 안드로이드였다.

"이번에 완성한 거야?"

슬레인이 권한 꽃차를 마시며 질문을 건넸다.

"예. 드디어 마스터에게 보여 드릴 수 있는 신체가 완성되었습니다. 프로토 타입 No.03입니다."

마치 다년간 훈련된 집사마냥 슬레인은 정중한 태도를 보이며 설명을 해 주었다.

"그래? No.03이면, 앞선 01이나 02도 있겠네?"

자신을 No.03이라 지칭하는 슬레인을 보며 수호는 의문을 표했다.

그동안 종종 자신에게 말을 하고 자리를 비울 때가 있긴 했다.

그래서 그동안 인공지능이 들어갈 몸체를 만들고 있다고 짐작하고 있었는데, 한 번도 그것을 보여 준 적은 없었다.

그러다 이번에 처음으로 자신에게 선을 보인 것이었다.

그런데 그것의 넘버가 03이라 하니 궁금증이 발생한 것이었다.

"물론 있지만, 마스터에게 선보이기에는 부족하다고

판단했고, No.03에 이르러 어느 정도 완성이 되었기에 나와 본 것입니다."

"그래? 인식을 하고 봐도 사람과 분간이 전혀 되지 않는군."

수호는 자신의 민감한 감각에도 슬레인의 신체가 전혀 위화감이 들지 않았기에 이를 칭찬했다.

"감사합니다."

주인인 수호의 칭찬에 슬레인은 바로 감사의 말을 하였다.

"그 정도면 기존의 의수나 의족을 대체할 수 있을 것 같은데?"

완성된 슬레인의 신체를 본 수호는 그가 느낀 점을 바로 슬레인에게 이야기를 했다.

하지만 들려온 것은 긍정적인 대답은 아니었다.

"물론 그렇긴 하지만, 바로 실용화하기에는 문제가 좀 있습니다."

"문제?"

"예. 우선 제작하는데 들어가는 비용 문제가 있고, 또 위화감 없이 움직이기 위한 소프트웨어의 개발이 좀 걸릴 것입니다."

"비용이야 들어가는 재료를 보다 저렴한 것을 찾아보면 낮출 수 있을 것이고, 소프트웨어라면 뭐가 문제인

거지?"

수호는 처음 슬레인이 자신의 신체를 가지고 싶다는 이야기와 함께 주식 투자를 하여 비용을 벌어들이겠다고 한 뒤로 얼마간은 돈에 대해 많은 관심을 보였다.

하지만 슬레인이 구축한 자동 주식거래 프로그램과 이를 운용하는 인공지능을 개발하면서 얼마 뒤에는 돈에 대한 관심을 거뒀다.

수호가 돈에 대한 욕심을 버리게 된 것은 전적으로 슬레인이 인공지능을 이용한 주식거래로 벌어들인 돈의 단위 때문이었다.

처음 한국의 주식시장을 상대로 하던 것에서 어느 정도 돈을 벌고 난 뒤로 시장을 한국뿐만 아니라 미국의 월스트리트로 확장을 한 뒤로는 수호가 생각하는 단위와 슬레인이 추구하는 단위가 다르단 것을 깨닫고는 관심을 접었다.

물론 그것만이 수호가 돈에 대한 욕심을 버린 이유의 전부는 아니었다.

그 시점부터 수호는 PMC인 아레스의 고문이 되고, 아이돌 그룹인 플라워즈와 인연을 맺으면서 관심을 멀리하게 되었다.

또 그즈음에 아버지의 일로 SH화학을 세운 것도 한몫했다.

그렇게 돈에 대한 관심을 거두어 들이고 사업적인 일에 관심을 기울이면서 수호는 슬레인이 벌어들이는 돈을 잠깐 잊고 있었다.

그런데 이번 한중 전쟁 이후 넓어진 국토와 인구 때문에 대규모 토목공사가 필요하게 되었다.

그렇지만 통일을 이룬 뒤의 문제만 생각하던 정부는 뜻하지 않게 너무도 잘 풀린 고토 회복 프로젝트로 인해 난감한 상황에 처하게 되었다.

한반도 통일 정도에 그쳤다면 그동안 통일 비용으로 준비한 예비비로 충분이 성장을 할 수 있겠지만, 한중 전쟁으로 인해 몇 배로 늘어난 국토와 인구로 인해 예산이 부족해진 것이었다.

더욱이 대한민국 정부는 몇 년 뒤에 다가올 국채의 상환도 문제가 되었다.

한반도 통일 이전 대한민국 정부는 수호에게 200억 달러의 차관을 끌어다 썼다.

그것의 상환일이 몇 년 뒤로 다가왔기에, 넓어진 국토와 인구를 안정적으로 뒷받침할 예산이 부족해졌다.

아니, 부족한 정도가 아니라 일명 흑자 부도라 할 수 있는 상황에 직면했다.

전쟁에 이겨 국토를 늘린 것까지는 좋았지만, 대한민국이 감당하기에는 너무도 벅찬 것이었다.

그러다 보니 정부의 일각에선 중국이 이러한 사실을 알고 일부러 예상보다 더 넓은 땅을 넘긴 것은 아닌가 하는 의심을 하기에 이르렀다.

중국은 전쟁의 패배로 대한민국에 보상금을 주어야 했는데, 이를 최대한 줄이는 대신에 국토를 넘겼기 때문이다.

한편 이런 정부의 사정을 알게 된 수호는 자신의 주장으로 중국으로부터 넓은 땅을 편입하게 되었기에, 어떻게든 일을 좋게 해결하고 싶었다.

그래서 3년 뒤로 다가온 국채 200억 달러의 상환 기간을 5년 더 연장해 주었다.

뿐만 아니라, 슬레인을 통해 가용할 수 있는 예산이 있는지 물어보았는데, 너무도 충격적인 이야기를 듣게 되었다.

그것은 바로 슬레인이 지금까지 세계를 상대로 주식 시장에서 벌어들인 자금이 비밀에 쌓인 로스차일드의 자금에 버금갔기 때문이다.

정확한 자금 규모를 알 수 없지만, 로스차일드 가문의 재산은 20경에 이를 것이라 예상되고 있었다.

이는 천조국이라 불리는 미국의 한 해 예산 7,100조의 세 배 가까이 되는 금액이었다.

그런데 수호의 재산도 그런 로스차일드 가문과 비슷

하다는 소리에 수호는 깜작 놀랄 수밖에 없었다.

그 뒤로 수호는 또다시 정부에 제안을 하게 되었다.

정부의 어려움을 알고 직접 자금을 투자해 정부의 프로젝트의 한 축을 담당하였다.

새롭게 구축되는 주민등록 시스템에 참여를 했고, 그러면서 1억5천만 명으로 늘어난 국민으로 인해 부족해진 식량문제를 해결하기 위한 토목 사업에도 SH 그룹의 역량을 총동원하여 참여를 했다.

이렇게 수호가 국가사업에 참여를 함으로써 국내 다른 기업들도 국가사업에 참여하게 되어 정부로서는 많은 부담을 내려놓을 수 있게 되었다.

정부가 나서기 전에 민간에서 먼저 기업들이 나서서 정부의 일은 많이 줄어들었지만, 그렇다고 한반도 통일과 고토 회복으로 인한 문제가 모두 해결이 된 것은 아니었다.

철저한 고립정책과 김씨 일가와 그 측근들만의 나라이던 북한이 흡수통일이 되면서 평양 이외의 지역에 살고 있던 북한 주민들의 건강과 경제력은 정말이지 눈을 뜨고 보기 어려울 정도로 열악했다.

뿐만 아니라 북한 주민들보단 나았지만, 병합된 동북 3성과 내몽고 지역의 사정도 오십보 백보였다.

그나마 산둥성과 허베이성 일부 지역에 살고 있던 사

람들의 사정은 괜찮아 다행이었다.

만약 이들마저 비슷한 상황이었다면, 대한민국 정부는 이번 한중 전쟁으로 획득한 지역에 대한 경영을 포기했을 것이다.

하지만 수호는 이들 지역을 모두 돌아다니며 정부와는 다른 시선으로 그곳 사람들을 살폈다.

어찌 되었든 자신의 계획 하에 획득한 땅이지 않은가.

그래서 어떻게 하든 그들도 대한민국에 편입이 되어 똑같은 삶의 질을 누려야 한다고 생각했다.

그렇지만 북한이나, 중국 정부는 일부 지역을 빼고는 제대로 된 관리를 하지 않아, 그지역에 살고 있는 사람들의 상태가 무척이나 좋지 못했다.

특히나 전쟁의 한복판에 있던 장진읍이나, 동북 3성의 여러 지방 도시의 경우, 그 피해가 이루 말할 수 없을 정도로 사상자가 많이 발생하여 장애를 가지게 된 사람들이 많았다.

경제력도 약한 사람이 신체의 훼손으로 장애를 갖게 되자, 그 삶의 참혹함은 말할 것도 없었다.

이는 SH바이오에서 개발한 유전자치료 장치로도 모두 해결하기 힘든 것이었다.

물론 시간만 충분하다면 어떻게든 해결할 수 있겠지

만, 문제는 시간이 부족하다는 것이었다.

유전자치료 장치 또한 부족한 상황이었다.

그러던 때에 슬레인이 자신이 사용할 신체가 완성이 되었다고 선보인 것이었다.

그리고 수호가 보기에는 전혀 인간의 신체와 차이점이 보이지 않았다.

너무도 잘 만들어진 것이다 보니 위화감이 없던 것이다.

그래서 그것을 바로 사용할 수 있는지 물어본 것이었는데, 그런 문제가 있을지는 예상하지 못했다.

차라리 슬레인처럼 인공지능을 위한 신체를 만드는 것이라면 차라리 쉬웠다.

하지만 신체 일부를 잃은 사람에게 잃어버린 신체 일부를 인공물체로 대체하기 위해선 보다 정교한 프로그램이 필요했다.

인간의 뇌 신호를 읽고 그것을 새롭게 부착된 인공 신체에 전달을 하여 정상적으로 작동을 하게 하기 위해선 아직까지 몇 초의 딜레이가 있었다.

그것을 극복하지 않는 이상, 지금 슬레인이 보여 주고 있는 인공 신체의 이식은 불가능했다.

다만, 이 기술을 응용해 지금보다는 좀 더 진보된 인공 신체를 이식할 수 있을 것으로 보였다.

"조금 더 시간을 두고 연구를 한다면, 몇 년 안에 장애를 극복할 수 있을 정도의 인공장기나 신체를 개발할 수 있을 것입니다."

"흠, 그것만 해도 다행이지……."

슬레인의 설명을 들은 수호는 작게 한숨을 쉬며 그나마 다행이라 생각했다.

삐삐! 삐삐삐!

한창 슬레인과 이야기를 하고 있는데, 느닷없이 비상신호가 울렸다.

"무슨 일이야?"

수호는 미간을 찌푸리며 물었다.

그렇지 않아도 기분이 별로 좋지 않은데, 갑자기 사이렌이 울린 것 때문에 신경이 날카로워진 것이었다.

[불온한 움직임이 포착되었습니다.]

수호의 질문에 대답을 한 것은 슈피터였다.

한중 전쟁 당시 잠시 자리를 비운 슬레인을 대신한 인공지능 중 하나인 쥬피터는 현재 세계의 통신망을 감청하며 대한민국과 마스터인 수호에게 위협이 되는 존재를 감시하고 있었다.

"불온한 움직임? 혹시 중국에서……."

수호는 현 대한민국에 가장 위협이 되는 나라인 미국과 중국을 머릿속에 떠올렸다.

하지만 들려온 대답은 전혀 뜻밖의 것이었다.

[아닙니다. 대한민국에 위협적인 움직임을 보이는 나라는 일본입니다.]

"일본?"

전혀 예상치 못한 대답에 수호는 눈을 동그랗게 떴다.

일본은 자신이 직접 움직여 야쿠자들을 제압해 감시하고 있는 나라였다.

그런데 그런 일본이 한국에 위협적인 움직임을 보이고 있다니.

[현재 마스터께서 우려하는 미국과 중국의 경우, 대한민국에 크게 위협적이지 않습니다.]

"무슨 근거로 그렇게 이야기하는 거지?

자신이 예상한 미국과 중국은 전혀 위협이 되지 않는다는 소리에 고개를 갸웃거리며 그 이유를 물었다.

[미국의 경우, 자신들의 경쟁자로 급부상한 중국이 동맹인 대한민국에 패전하여 세력이 줄어든 것과 전쟁에 승리한 대한민국이 앞으로 어떻게 진로를 잡을지 예상하기 힘들어 관망하고 있는 상태입니다. 또한……]

쥬피터는 현재 미국이 처한 입장에 대해 설명을 하였고, 뒤이어 현재 중국 내에서 벌어지고 있는 상황에 대해서 말해 주었다.

[중국의 경우, 이전 북부전구 세력과 기존 진보국의 추종 세력 간의 내전이 벌어졌습니다.]

"내전? 어떻게?"

분명 자신이 직접 진보국과 그의 추종 세력을 붙잡아 소샤오린 상교에게 넘겼다.

그로 인해 권력을 잡은 소샤오창과 북부전구는 바로 한국과의 전쟁을 중단하고 종전 협상을 벌였고.

그런데 진보국이 탈출을 하여 추종 세력을 모아 내전을 벌인다는 소리에 깜짝 놀란 것이었다.

"어떻게 된 일이야?"

좀 더 자세한 사정을 알아보기 위해 어떻게 진보국이 탈출을 할 수 있었는지 물었다.

그러자 쥬피터는 수집된 정보를 수호에게 이야기해 주었다.

[내부에 배신자가 발생했습니다. 숙청하기 위해 이송하던 도중 정보가 진보국의 추종자들에게 들어갔고, 그 과정에서 진보국과 상무위원 두 명이 탈출을 하였습니다.]

"아!"

부패가 만연한 중국이다 보니 소샤오린의 가문이 장악하고 있던 북부전구 내에서도 배신자가 발생한 것이었다.

그로 인해 이송 중이던 진보국과 상무위원 두 명이 탈출하여 세력을 규합해 새로운 권력자로 등극한 소씨 가문과 북부전구와 전쟁을 벌이고 있는 중이란 것을 알 수 있었다.

"중국은 그렇다고 치고. 미국이 정말로 관망을 하고 있는 것이 맞아?"

수호는 좀처럼 믿기 힘든 미국의 반응에 확신을 가지지 못하고 거듭 물어보았다.

[예, 그렇습니다. 이는 백악관의 반응이 아니라 그 막후에 있는 배후에서 압력을 행사해 그렇게 만든 것입니다.]

"뭐? 백악관의 막후?"

[예. 현재 백악관의 주인인 존 바이드는 사실상 업무에서 배제가 된 것으로 판단이 됩니다.]

"응?"

너무도 뜻밖의 말에 수호는 또다시 이상한 표정이 되었다.

그도 그럴 것이, 세계의 왕이라 할 수 있는 미국의 대통령이 업무에서 배제가 되었다는 소리를 그냥 듣고 넘기기에는 뭔가 심각한 이야기였기 때문이다.

물론 수호도 미국을 움직이는 세력이 있음을 짐작하고 있었다.

그것도 하나가 아니라 세 개나 되는 비밀결사가 존재하며, 이들은 자신들의 영향력을 넓히기 위해 보이지 않는 곳에서 끊임없이 투쟁을 벌이고 있음을 말이다.

[대한민국 정부와 각을 세우던 일로 존 바이드 대통령은 현재 부통령인

제레미 라이스에게 업무를 넘기고 병가를 낸 후 칩거한 상태입니다.]

말이 병가이지, 존 바이드 대통령은 배후 조직에 의해 구금이 된 것이었다.

"그러니까 미국 대통령의 뒤에 있는 존재들이 한국과 척을 지길 싫어한다고 판단해도 되나?"

수호는 쥬피터의 설명을 듣고 자신의 생각을 이야기했다.

"제가 생각하기에도 그럴 것 같습니다."

"그렇단 말이지? 그런데 일본의 위협이란 것은 무슨 말이야?"

가장 우려가 되던 중국과 미국이 대한민국에 신경을 쓰지 못하는 상태와 우호적인 태도까진 아니어도 관망하고 있다는 것에 긍정적으로 판단한 수호는 일본을 언급하며 위협적이라 말한 근거에 대해서 물었다.

"그건 아무래도 요 몇 년 일본에 끊이지 않고 발생하고 있는 지진과 화산활동 때문이 아닌가 하는 생각이 듭니다."

"뭐? 그게 어디 하루 이틀 벌어지는 일이야?"

"그렇긴 하지만, 오래전부터 일본 정부는 지진과 화산과 같은 자연재해에서 안전한 영토를 꿈꾸고 있었습니다."

"아!"

슬레인의 이야기를 들은 수호는 지금 무슨 말을 하는 것인지 깨달을 수 있었다.

*　　　　*　　　　*

자신의 발언에 관심을 보이는 관료들을 보며 고노스케 관방 장관은 얼굴을 붉히며 열변을 토해 냈다.

"조선인들이 했다면 우리도 할 수 있습니다. 더욱이 한국은 중국과의 전쟁으로 비축 물자를 많이 소모했을 테니, 지금이라면 충분히 가능합니다."

대한민국을 조선이라 했다가 또 한국이라 하며 명칭을 오락가락하는 그가 하는 말은 듣고 있던 일본 관료들의 관심을 가지게 만들었다.

'맞아. 한국이 어떻게 그런 결과를 가져올 수 있었는지 자세한 내막을 알 수는 없지만, 세계 군사력 3위인 중국과의 전쟁이었어. 외부에 밝히지는 않았지만, 분명 한국도 피해가 없다고 할 수 없지.'

일본의 관료들의 머릿속에는 모두 이와 비슷한 생각이 떠올랐다.

세계 군사력 순위 2위 혹은 3위로 평가를 받던 중국이다.

그런 중국과 전쟁을 하고서 멀쩡하다는 것이 더 이상

할 지경이었다.

그러니 관료들은 방금 전 발언을 한 고노스케 관방 장관의 이야기에 귀가 솔깃했다.

하지만 가만히 듣고 있던 나가토 외무상은 진지한 표정으로 자신의 생각을 이야기했다.

"어떤 근거로 그런 판단을 한 건가? 또 정말로 그렇다고 한다고 해서 우리가 한국을 공격한다면, 미국이 이를 두고 볼 것이라 보나?"

무식한 고노스케 관방 장관과 각을 세우고 있던 나가토 외무상의 말은 결코 곱지 않았다.

조용히 나가토 외무상의 이야기를 듣고 보니 그의 말도 맞았다.

비록 한국과 일본은 동맹은 아니지만, 한국과 일본 양국 모두 미국이란 세계 최강국과 동맹 관계에 놓여 있었다.

그런데 만약 일본이 미국의 허락도 없이 한국을 공격하게 된다면 무슨 일이 벌어질지 예측할 수가 없었다.

"그리고 아직 알려지진 않았지만, 여기 모인 관료들은 모두 알고 있을 것이라고 생각합니다. 한국이 점령한 북한에 핵미사일이 있다는 사실을요."

"헉!"

핵미사일이나 단어가 나가토 외무상의 입에서 나오

자, 여기저기서 외마디 비명과 같은 소리가 흘러나왔다.

'허어…….'

북한은 UN이 금지한 대량 살상 무기를 불법적으로 보유하고 있었다.

그중에서도 핵무기는 가장 우려가 되고 있어 몇십 년간 제재를 받고 있었다.

그 사실이 떠오르자 일본의 관료들은 심각한 표정이 되었다.

"한국은 북한 지역을 점령하고 곧바로 중국과 전쟁을 한 바람에 북한이 보유한 핵무기에 대한 어떠한 발표도 하지 않고 있습니다."

"혹시 그 문제를 거론해 미국의 허락을……."

"닥치세요."

북한이 보유한 핵무기에 대한 이야기가 나오자, 곧바로 고노스케 관방 장관이 슬그머니 자신의 제안을 끄집어냈다.

하지만 곧바로 나가토 외무상의 호통을 들어야만 했다.

"당신은 일본의 관료로서 지금 열도에 또다시 핵이 떨어지는 것을 보겠다는 말인가!"

나가토 외무상은 정말이지 생각만 해도 치가 떨렸다.

다른 사람들은 잘 모르고 있겠지만, 그는 국가의 외무를 담당하는 관료로서 한국과 많은 이야기를 나눴다.

그런데 그중 가장 가늠하기 힘든 사람이 바로 현 한국의 대통령인 정동영이었다.

어떻게 보면 무골호인처럼 물에 물 탄 듯 술에 술 탄 듯 보이는 그는 자신이 판단하기에 절대로 대통령(지도자)감이 아니었다.

그런데 이번 한반도 통일과 중국의 도발에 바로 전쟁을 선포하는 것을 보면서 그동안 자신이 한국을 전혀 모르고 있었다는 것을 깨달았다.

아니, 이는 자신뿐만 아니라 일본의 관료들 모두가 잘못 알고 있었다.

돌이켜 보면 한국의 대통령은 한국의 국익과 관련된 일이 아니면 절대로 감정을 드러내지 않았다.

그러나 국익과 관련된 일에는 누구보다 과감한 선택을 한 인물이었다.

나가토는 이런 한국의 대통령을 그동안 잘못 이해하고 있던 것이다.

더욱이 중국과의 전쟁에서 많은 군수물자를 소비했을 것이라는 고노스케 관방 장관의 말도 쉽게 믿기지 않았다.

물론 전혀 근거가 없는 이야기는 아니었지만, 왠지

그의 머릿속에는 자신들이 알지 못하는 무언가가 더 있을 것만 같았다.

"그렇다고 해도 한국이 북한이 개발한 핵무기를 보유하려고 한다면, 미국이나 러시아가 가만있지 않을 것이오."

자신의 주장이 나가토 외무상의 발언으로 흐지부지되는 것 같자, 고노스케 관방 장관은 기존 미국이나 러시아와 같은 핵보유국들이 취하던 태도를 언급하였다.

'음……'

기존 핵보유국들이 가만있지 않을 것이란 고노스케 관방 장관의 말에 이번에는 나가토 외무상도 아무런 반박을 하지 못했다.

그도 그럴 것이, 지금까지 미국 등 핵무기를 보유한 UN 상임이사국들은 다른 제3국이 핵무기를 보유하려고 할 때마다 제재를 해 왔다.

인도가 그랬고, 파키스탄이 그러하였다.

다만, 시간이 흐르면서 공식적으로는 인정하지 않고 그냥 넘어가기는 했다.

북한 또한 제재를 하기는 했지만, 시간이 흐르면서 보유에 대해선 인정을 하는 흐름이었다.

그러다 한국에 무력 도발을 하다 뜻하지 않게 강경한 대한민국 정부에 의해 어처구니없게 통일이 되어 버리고 말았다.

옛말에 지피지기 백전불패라 했다.

나를 알고 적을 알면 백번 싸워 지지 않는다는 뜻이다.

그런데 북한은 이와 정반대로 자신의 역량이나, 상대의 역량을 전혀 알지 못했다.

그러하였기에 속수무책으로 한국군에 지도부가 생포가 되어 지리멸렬하였다.

그런데 일본의 관료들은 지금 일본에 닥친 문제들을 내부적으로 해결을 하려는 것이 아니라, 오래전 자신들의 선조들이 그런 것처럼 외부로 돌려 문제를 해결하려 하고 있었다.

여기서 문제는 이들의 선조들이 행한 방법이 당시에는 잘 통했다는 것이다.

오랜 내전을 겪던 중 일본이 풍신수길에 의해 전국이 통일이 되어 내부 문제를 외부로 눈을 돌림으로써 안정을 찾았다.

내부의 불안 요소인 무사들을 그렇게 외국과의 전쟁에서 소비를 함으로써 내부 결속을 다진 것이다.

그 과정에서 선진국이던 조선의 문물을 상당히 가져옴으로써 일본의 발전을 이룩했다.

또 근대에 들어서 일본은 또 한 번의 기회를 가지게

되었다.

미국에 의해 강제로 문호를 개방하기는 했지만, 아시아에서 가장 먼저 선진 문물을 받아들이면서 상당한 발전을 이룩하였다.

하지만 미국과 맺은 불평등조약으로 인해 많은 예산이 외국으로 흘러들어가 정작 일본 정부에는 돈이 모이지 않았다.

그런데 이를 외부로 돌려 자신들이 미국과 맺은 불평등조약을 조선과 맺음으로써 보충하였다.

또 그렇게 모은 돈으로 다른 서구 열강에 맞먹는 무력을 갖추자, 일본은 자신들의 야욕을 감추지 않고 드러냈다.

그것이 바로 이차 세계대전인 것이다.

하지만 몇몇 국가의 이해득실로 맺어진 전쟁은 다수의 연합군에 의해 패배를 했다.

일본은 패전으로 인해 전 국토가 초토화되어 버리고 말았다.

그것도 미국이 개발한 원자폭탄 두 발을 맞고서야 항복을 한 것이었다.

의욕적으로 시작한 전쟁이었지만, 미국의 강력한 원자폭탄에 의해 초토화되면서 일본의 꿈이 꺾이는 듯 보였다.

그렇지만 일본의 신은 그런 일본을 버리지 않았는지, 또 한 번의 기회를 주었다.

그것은 바로 현해탄 건너 한반도에 전쟁이 발발한 것이었다.

같은 민족끼리 남과 북이 이념을 달리하고 싸웠다.

사회주의를 표방하는 소련의 사주를 받은 김성일이 1950년 6월 기습적으로 남침을 했다.

뒤늦게 소식을 들은 미국과 자유 진영은 급히 UN 총회를 열어 한국을 도우려 했지만, 소련의 방해로 쉽지 않았다.

천만다행으로 총회에 소련 대표가 늦는 바람에 UN군 파병이 결의되면서, 그 전초기지로 일본이 선택되었다.

참으로 신의 한 수가 아닐 수 없었다.

만약 그런 기회가 없었더라면 일본은 패전으로 인해 경제가 회복되지 못했을 것이다.

그 뒤로 일본에는 정한론이 정설이 되어 버렸다.

한반도가 죽어야 일본이 살아난다는 내용의 정한론은 일본 내에서는 성경 이상으로 인기 있는 것으로, 일각에선 돈을 벌고 싶으면 정한론과 같은 내용의 책을 내면 된다고 할 정도로 혐한(嫌韓) 서적이 많은 곳이 바로 일본이었다.

그렇기에 지금 고노스케 관방 장관이나, 많은 일본

관료들은 이런 혐한으로 인기를 얻어 지금의 자리를 보전하고 있는 것이기도 했다.

아무튼 이렇다 보니, 현 시국을 해결하는 방법으로 오래전 묻어 둔 전가의 보도처럼 한반도 정벌을 들고 나온 것이었다.

"한국이 핵무기를 보유하는 것은 우리만 우려하는 것이 아닐 겁니다."

나가토 외무상이 잠시 주춤하는 사이, 고노스케 관방장관은 얼른 부연 설명을 하며 자신의 말에 신빙성을 추가하였다.

하지만 그는 알지 못했다.

미국은 이들이 알고 있는 것보다 더 많은 것을 알고 있으며, 더 이상 일본이 자신들을 대신해 팽창하는 중국과 러시아를 막아 낼 수 있는 역량을 가지고 있지 못하다는 사실을 말이다.

제대로 된 안목을 가진 사람이라면, 동북아시아에서 무게중심이 이미 한국으로 기울었다는 것을 알 수 있을 것이다.

미국 정부라면 자신들과 관계가 좋은 한국이 차라리 핵무기를 보유하고 있는 것이 중국이 성장하는 것보다는 낫다고 생각할 테니까.

※　　　　　※　　　　　※

　뉴욕 맨해튼 플라자 호텔 펜트하우스.

　"오랜만이군, 조지."

　아론 헌트는 나직한 목소리로 맞은편에 앉은 장년의
사내를 보며 인사를 했다.

　"그렇군. 5년 만인가? 6년 만인가?"

　몇 년 만에 보는 아론 헌트의 인사에 조지 밀러는 가
볍게 물었다.

　"기억력이 좋던 자네가 그것을 헷갈려 하다니, 자네
도 나이를 먹긴 했나 보군."

　"그러게 말이야."

　아론과 조지가 이야기를 나누고 있을 때, 또 다른 누
군가가 나타나 아론의 말을 받았다.

　"이게 누구야? 록펠러 가의 반항아 스틸이 아닌가?"

　"자네도 왔나?"

　새롭게 나타난 스틸 록펠러를 보며 조지 밀러가 차가
운 눈으로 그를 쳐다보았다.

　두 사람간의 앙금이 있는 것인지 조지 밀러의 시선은
무척이나 냉담했다.

　아니, 따지고 보면 이들 세 사람의 관계는 그리 좋은
편이 아니었다.

젊었을 때부터 서로 다른 조직에 속해 경쟁을 하던 관계였기에, 이렇게 모여 있는 것이 이상할 지경이었다.

하지만 세월이, 그리고 직위가 젊은 혈기로 치고받고 하는 그런 동물적인 싸움에서, 머리를 써서 상대의 조직을 이겨야 하는 위치에 오르다 보니 이렇게 한때는 적이었던 이의 얼굴도 직접 보게 되었다.

"앉지."

이번 모임을 주선한 아론 헌트는 두 사람이 싸우기 전에 먼저 나서서 스틸 록펠러에게 자리를 권했다.

"그래, 무슨 일로 부른 것인가?"

잠시 조지 밀러를 쳐다보던 스틸 록펠러가 담담한 목소리로 아론이 물었다.

"급할 것 있나? 차분하게 식사라도 하면서 이야기를 나누도록 하지. 할 이야기가 많으니……."

나직한 스틸 록펠러의 질문에 아론 헌트는 가볍게 그의 말을 받고는 식사를 권했다.

"음."

이곳 플라자 호텔 펜트하우스에 모인 세 사람은 각자 다른 소속을 가지고 있었다.

더욱이 이들 조직은 서로 경쟁을 하는 관계였기에, 이렇게 모이는 것은 쉬운 일이 아니었다.

자칫 상대 조직에 암살을 당할 수도 있었기 때문에 이런 모임도 쉽게 성사되지 않는다.

또한 이들의 조직 내에서의 위치가 위치다 보니 움직이기도 쉽지 않기에, 사실상 이런 모임은 거의 불가능한 일이었다.

하지만 언제나 예외라는 것이 있기에, 아론 헌트의 주선으로 이런 자리가 만들어졌다.

"일단 들면서 듣게나."

마치 오랜 친구에게 이야기를 하듯 아론 헌트가 입을 열었다.

"얼마 전, 그동안 비밀에 쌓여 있던 월스트리트 로드의 정체가 드러났다네."

"뭐?"

"그게 정말인가?"

아론 헌트가 던진 월스트리트의 로드라는 말에 귀가 쫑긋한 두 사람은 누가 먼저라고 할 것 없이 소리쳤다.

그도 그럴 것이, 어느 날 갑자기 세계경제 수도라 할 수 있는 월스트리트에 나타나 블랙홀마냥 주식을 쓸어 담아 어마어마한 부를 축적한 존재에 대한 이야기였기 때문이다.

그동안 월스트리트에는 수많은 자본가들이 몰려들었고, 누구는 엄청난 부를, 그리고 누구는 가진 돈을 모두

탕진해 빈털터리가 되기도 했다.

그러면서 자연스럽게 거대 자본을 움직이는 존재 혹은 세력이 나타나 왕 혹은 황제라 불렸다.

하지만 어느 누구도 혼자서 그런 독보적인 자리에 오른 이가 없었는데, 몇 년 전 그런 불가능한 업적을 이룩한 이가 나타났다.

그의 시작은 미비했지만, 그 자취는 위대했다.

단 한 번의 실패 없이 투자하는 모든 곳에서 성공을 거두었고, 손을 대는 것마다 최소 160%의 이득을 보았다.

160%라고 하면 얼마 되지 않은 이득이라 볼 수도 있지만, 투자금의 단위가 천만, 억 단위로 늘어난다면 그 이득은 결코 작지 않은 일이었다.

사실 월스트리트에선 이득이 30%만 넘어가도 엄청난 수익을 본 것이라 할 수 있었기에, 투자금의 1.6배라고 하면 그건 엄청난 것이었다.

물론 월스트리트에 있는 딜러들 중 그보다 더 엄청난 수익을 낸 이도 분명 있었다.

하지만 단 한 번도 투자 실패를 하지 않은 딜러는 아무도 없었다.

그런데 월스트리트의 로드란 이명으로 불리는 그는 처음 월스트리트에 나타나 단 한 번도 투자에 실패를 보지 않은 것은 물론이고, 최소 성공 보수를 160% 이상 기록했다.

그러니 딜러들 사이에서 그를 로드라 부르게 된 것이었다.

투자의 왕이니, 제왕이니 하는 이들은 많았지만, 모든 존재들 위에 있는 로드라 불리는 이는 그 하나뿐이었다.

그렇지만 나타난 지 몇 년이 지났지만, 아직까지 로드의 모습을 보았다는 사람은 아무도 없었다.

그래서 몇몇 손꼽히는 투자자들 중 후보를 두고 있었지만, 모두 자신이 로드가 아니라고 답했다.

그러다 보니 그 월스트리트의 로드의 정체가 밝혀졌다는 아론 헌트의 말에 놀라지 않을 수가 없었다.

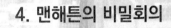

4. 맨해튼의 비밀회의

작은 소란이 일기는 했지만, 스틸과 조지는 금방 정신을 차리고 차분하게 아론 헌트의 이야기를 기다렸다.

　어차피 자신들이 다그친다고 그가 억지로 말을 하지 않을 것을 알기에, 본인이 직접 이야기를 할 때까지 기다리기로 한 것이었다.

　역시나 오래 겪다 보니, 적이지만 친구처럼 상대의 속내를 금방 읽었다.

　"최근 급격히 발전한 나라가 있지 않나?"

　월스트리트의 로드에 관해 이야기를 하다 말고 느닷없이 딴 이야기를 꺼내는 아론이었다.

그런 아론을 보던 두 사람은 뭔가 생각이 났는지 눈을 동그랗게 떴다.

"설마 그가 그 나라 사람인 건가?"

"월스트리트의 로드가 한국인이야?"

두 사람은 설마 아직까지 정체가 밝혀지지 않은 월스트리트의 로드가 한국인이냐고 물었다.

그런 두 사람의 질문에 아론 헌트는 슬며시 입꼬리를 올리며 미소를 지어 보였다.

"정확하진 않지만, 자금의 흐름을 쫓다 보니 대규모 자금이 한국으로 들어가더군."

아론 헌트와 그가 속한 조직은 물론이고, 월스트리트에 다리를 걸치고 있는 세력들은 모두 월스트리트의 로드를 찾기 위해 백방으로 노력을 하고 있는 중이었다.

누군가는 그의 막대한 부를 노리고, 누군가는 그의 능력을 자신이 있는 세력으로 끌어들이기 위해 추적을 했다.

하지만 어느 누구도 로드의 정체를 파악할 수 없었다.

그 때문에 사실 이들은 서로를 의심을 했다.

그 정도 정체를 감출 수 있는 존재는 자신들의 경쟁 상대인 이들밖에 없다고 생각했기 때문이다.

그런데 아니었다.

아론이 자신들을 속이기 위해 어렵게 이런 자리를 만들고 거짓을 말할 이유가 없었다.

그렇다는 말은 지금 그가 하는 말은 진실이 확률이 90% 이상이라 할 수 있었다.

"로드의 정체가 한국인인지는 확답할 수는 없지만, 난 그럴 확률이 높다고 보고 있어."

아론 헌트는 식사를 마치고 앞에 놓인 커피를 한 모금 마셨다.

그런 아론 헌트의 모습을 조용히 지켜보던 스틸이 물었다.

"무슨 근거라도 있나?"

아론이 저 정도로 확신을 하는 것이라면 아마도 그의 예상이 맞을 것이었다.

그렇게 판단을 한 스틸은 자신이 알아내지 못한 로드의 정체를 알아낸 아론을 높이 평가하며 그렇게 판단한 근거를 물었다.

그리고 그건 조용히 이야기를 듣고 있던 조지 또한 마찬가지였다.

"SH라고 하면 알겠나?"

스틸 록펠러의 질문에 아론은 대답을 하기보단 또 다른 질문을 했다.

하지만 그가 물어본 SH라는 단어를 스틸 록펠러는

방금 전 한국이란 단어와 연관해 생각해 보았다.

그런 그의 머릿속에 하나의 이름이 떠올랐다.

"설마 SH 그룹의 수호 정을 말하는 것인가?"

한국의 SH 그룹과 회장인 정수호의 존재는 록펠러 가문의 일원인 그 또한 알고 있었다.

"정수호 회장이 로드라는 말인가?"

나타난 지 불과 몇 년도 되지 않은 상태에서 엄청난 업적을 만들어 낸 SH 그룹과 그룹의 오너인 수호에 관해서는 그 또한 잘 알고 있었다.

그런데 설마 그가 무패의 성공 신화를 이룩한 월스트리트의 로드라는 소리에 놀라지 않을 수가 없었다.

아무리 천재적인 사람이라 하지만, 그룹을 성공시키는 것 하나도 힘든 일인데, 주식시장까지 좌지우지할 정도로 엄청난 능력을 가지고 있다는 것에 놀람을 넘어 경악했다.

세기의 천재라 불리는 레오나르도 다빈치가 다방면에 천재적 능력을 보였다고는 하지만, 이것은 그런 것과는 차원을 달리하는 일이니 놀랄 수밖에.

더욱이 SH 그룹이 개발하고 생산하는 물건들은 하나같이 현대 과학기술의 정점에 있는 것들이었다.

그런데 그런 것들을 개발한 것도 모자라 인간의 욕망을 읽고, 세계의 흐름을 읽어 월스트리트에서 무패의

성공 신화를 만들었으니, 참으로 경악할 일이 아닐 수
없었다.

"그런데 그게 어떻다는 말인가?"

그동안 추적하던 월스트리트의 로드가 한국인이고,
한국의 거대 그룹의 오너란 사실도 알게 되었다.

하지만 그런 것을 알려 주기 위해 자신들을 부른 것
은 아닌 것 같다는 느낌에 질문을 던졌다.

"음……."

아론 헌트는 그게 어떻냐는 질문이 돌아오자 작게 신
음을 흘렸다.

'역시나 녹록치 않아.'

오랜 경쟁자들이 보이는 태도에 아론은 속으로 생각
했다.

나이가 들어도 이들을 상대하는 것이 쉽지 않았다.

하지만 지금은 자신의 생각을 관철시켜야 할 때였다.

괜히 이들을 나뒀다가는 무슨 문제를 일으킬지 모르
기 때문이었다.

혹여나 그와 이들이 척을 지게 되고, 또 이들이 그와
그의 조국에 해를 끼쳤을 때, 그가 보일 반응이 두려웠
다.

처음 월스트리트의 로드라 불리는 존재의 정체를 알
게 되었을 때만 해도 크게 생각하지 않았다.

그도 그럴 것이, 자신이나 이들이 쌓아 온 세월과 소속이 가지고 있는 힘은 가히 가늠하기 힘들었다.

그런데 처음 가볍게 생각하던 것과 다르게 조사를 하다 보니, 자신이 판단한 것보다 더 거대하고 엄청났다.

겉으로 보이는 힘의 차이는 분명 자신들이 훨씬 우위에 있는 것으로 보였다.

하지만 조사를 하면서 알게 된 그의 힘은 자신의 상상을 넘어서 있었다.

일례로 그는 여러 곳에 파워슈트를 뿌렸다.

한두 개도 아니고, 1,000벌이 넘는 파워슈트를 말이다.

그런데 그 파워슈트를 뿌린 곳이 예사롭지 않았다.

신장 위구르에 100벌, 티벳에 100벌, 그리고 일본 야쿠자들에게 200벌, 러시아에 200벌, 그리고 자신의 조국인 미국에 300벌을 풀었다.

아니, 얼마 전 전쟁을 치른 중국에도 100벌의 파워슈트를 넘겼으니, 총 1,000벌의 파워슈트를 외부에 판매한 것이었다.

이것은 그의 조국인 한국군에 납품한 수량을 넣지 않은 숫자였다.

더욱이 그는 자국의 군에 납품한 것과 외국에 판매하거나, 공급한 파워슈트의 성능에 차이를 두고 판매를 해 왔다.

이는 공개적으로 알려 주면서 판매를 했다.

다른 때 같으면 미국 정부도 자존심 때문에 항의를 했겠지만, 파워슈트는 미국도 개발을 하려다 천문학적인 예산만 낭비하고 포기한 프로젝트였다.

그러다 보니 한국군이 보유하게 될 물건보다 성능이 떨어지더라도 어쩔 수 없이 이를 받아들였다.

이는 자신들도 외국에 무기를 판매할 때 사용하던 방식이었기에, 항의는 통하지 않았다.

그런데 파워슈트만 해도 전략적으로 충분히 가치가 있는 물건인데, 그가 개발한 것은 파워슈트만이 아니라 미사일 방어 체계(MD)도 있었다.

기존 어느 나라도 완벽한 방어 체계를 완성하지 못했는데, 한국은, 아니, 그가 완성을 시켰다.

기존의 무기 체계를 연동해 세계 유수의 미사일과 레이더 기술을 가진 나라들도 구축하지 못한 시스템을 만들어 냈다.

말로만 성공한 러시아나, 중국의 그것과는 차원이 다른, 그러면서도 천문학적인 예산이 들어가는 이스라엘의 아이언 돔을 능가하는 체계였다.

기존 한국이 연구 개발하던 한국형 미사일 방어 체계(KAMD)와도 결을 달리하는 미사일 방어 체계였다.

사실 한국형 미사일 방어 체계도 이스라엘의 아이언 돔과 그리 차이가 나지 않는 미사일 방어 체계였다.

비싼 요격미사일을 보다 저렴하고 정확하게 적의 미사일을 방어하기 위한 체계 연구와 요격미사일에 대한 연구였을 뿐이다.

그런데 SH 그룹과 그는 순항미사일은 물론이고, 마하20 이상으로 날아오는 탄도미사일까지 요격할 수 있는 미사일 방어 체계를 완성했다.

여기서 안타까운 것은 그가 동맹인 자신들은 두고 중동의 UAE와 사우디에 먼저 이 미사일 방어 체계를 제안했다는 점이다.

또한 자신의 조국이 미국도 이 신개념의 미사일 방어 체계를 구축하기 위해 의사 타전을 했지만, 아직까지 응답이 없다는 사실이었다.

그리고 그건 아마도 현 미국의 대통령인 존 바이드 때문이 아닌가 싶었다.

"무슨 생각을 그리하나?"

잠시 이야기를 하다 말고 뭔가를 생각하고 있는 듯한 아론을 본 스틸이 물었다.

"아, 미안… 어디까지 이야기를 했지?"

자신의 실수를 바로 인정을 한 아론은 급히 사과를 하곤 어디까지 이야기를 했는지 물었다.

"아직 이야기를 하지 않았어."

엉뚱한 반응을 보이고 있는 아론을 보며 스틸과 조지는 미간을 찌푸리며 대답을 했다.

"아, 그렇지……."

말끝을 흐린 아론이 다시 말을 이어 나갔다.

"혹시나 해서 하는 이야긴데, 괜히 그를 어떻게 해 보기 위해 공격은 하지 마."

마치 경고를 하듯 말하는 아론은 조금 전과는 다른 눈빛을 하며 두 사람에게 이야기했다.

"뭐!"

"지금 뭐 하자는 건가? 혹시 그와 뭔가 조율이 있던 거야?"

자신에게 경고를 하였다고 느낀 조지는 신경질적인 반응을 보이는 반면, 스틸의 경우 혹시나 수호와 아론 혹은 그가 속한 조직과 뭔가 이야기가 오고 간 것인지 물었다.

"아직 거기까진 아니야."

아론은 조지와 다르게 어디까지 간 것인지 물어보는 스틸에게 현 상황을 거짓 없이 진실을 이야기하였다.

"그 말을 우리 보고 믿으라고?"

조지는 뭐가 마음에 들지 않은 것인지, 이번에는 아론을 향해 신경질적인 반응을 보이기 시작했다.

그런 조지의 반응에 아론은 굳은 표정으로 대답을 했다.

"믿지 않아도 상관없어. 하지만 그 일로 발생할 일에 조국에 조금이라도 피해가 간다면, 너와 네가 속한 조직은 가만두지 않을 거야."

조금 전까지만 해도 뾰족한 조지의 모습에도 별다른 내색을 하지 않던 아론은 지금 180도 다른 모습을 보이고 있었다.

'뭐야, 아니라고 하지만, 그와 뭔가 있는 것 같은데?'

아론과 조지의 대립을 조용히 지켜본 스틸은 이상함을 느꼈다.

분명 아니라고 말을 하면서도 반응은 자신이 모르는 뭔가가 있음을 암시했다.

특히나 조국이 피해를 본다는 말이 이해가 가지 않았다.

세계 최강인 미국이 아시아의 변방에 붙어 있는 작은 나라의 국민으로 인해 피해를 볼 것이 뭐가 있다는 말인가.

너무도 이상한 아론의 반응에 스틸은 조용히 고민을 하기 시작했다.

'아!'

한참 혼자 고민을 하던 그의 뇌리에 뭔가 스쳐 지나가는 것이 있었다.

반년 전에 펜타곤에서 비밀문서 한 장이 넘어왔다.

그것의 내용은 출처는 밝혀지지 않았지만, 실패한 것으로 알려진 파워슈트가 들어왔다는 것이다.

그리고 그것들이 USSOCOM(미합중국 특수작전사령부)로 넘어갔다는 내용이었다.

파워슈트는 자신의 조직에서도 막대한 예산을 투입해 개발하던 것이지만, 결과적으로 개발에 실패를 하고 폐기되었다.

그런데 그런 파워슈트가 개발이 되어 특수작전사령부로 지급이 되었다는 사실에 긴장을 했다.

자신들이 아닌 다른 곳에서 개발이 완료가 되었다는 것은, 그것을 개발한 조직에 자신이 속한 조직이 뒤쳐졌다는 이야기이기 때문이다.

"설마 그가 파워슈트를 개발한 것인가?"

스틸은 확인이라도 하려는 듯 아론에게 물었다.

"역시나 자네는 내 말에서 정보를 빼 갔군."

바로 대답을 한 것은 아니지만, 방금 전 아론 헌트가 한 말은 자신의 생각이 맞았다는 이야기였다.

"다른 정보도 하나 알려 주지."

아론은 마치 선심 쓰듯 자신이 알고 있는 정보 하나

를 스틸과 조지에게 들려주었다.

"우리가 확보한 파워슈트의 숫자는 모두 300벌이야."

"300벌? 상당하군."

일반 군복도 아니고 파워슈트가 무려 300벌이라는 소리에 스틸은 깜짝 놀랐다.

그리고 그건 스틸뿐만이 아니라 조지 또한 마찬가지였다.

'뭐? 파워슈트가 300벌?'

그런데 놀라운 이야기는 그것만이 아니었다.

"그는 우리에게 300벌을 보내고, 러시아에도 200벌의 파워슈트를 판매했어."

"아니, 뭐 그런……."

동맹인 한국이 자신들의 영원한 적인 러시아에 파워슈트를 200벌이나 판매했다는 소리에 화가 나 소리쳤다.

"소리 지르지 마. 그건 한국의 입장에선 당연한 거야."

아론 헌트는 별거 아닌 것으로 목소리를 높인다는 듯 조지를 나무랐다.

"이번에 중국과 전쟁을 했으면서도 중국에도 100벌의 파워슈트를 판매했어."

"뭐? 그건 또 무슨 참신한 소리야?"

참으로 어처구니없는 이야기가 아닐 수 없었다.

설마 한국이 전쟁을 한 당사국에 전략무기인 파워슈트를 판매했을 것이라고는 예상하지 못했기에, 스틸은 평소 격이 떨어지기에 잘 쓰지 않는 말을 내뱉었다.

그리고 그건 조지 또한 비슷한 생각을 했다.

"한국 놈들, 미친 거 아냐?"

미치지 않고서야 총칼을 들고 싸우던 상대에게 치명적인 전략무기를 판매하다니, 정말이지 이해할 수가 없는 처사였다.

"내용을 알고 나면 별것도 아니야."

"그래? 그럼 어디 말해 봐."

조지는 얼른 이야기를 해 보라고 재촉했다.

그런 조지의 말에 아론은 다시 차분하게 이야기를 이어 갔다.

"일본에 200벌……."

"뭐?"

"신장 위구르에 100벌, 티벳에 100벌……."

"허, 그곳에는 또 뭐가 있기에 그렇게 많은 수의……."

계속되는 이야기에 어처구니가 없어진 조지와 스틸은 이해할 수 없다는 듯 고개를 흔들었다.

"신장 위구르와 티벳에 보낸 파워슈트들은 모두 독립
운동을 하던 독립군에게 지급한 것들이야."

"아!"

"그리고 위구르의 독립군과 접촉을 하여 그것들을 사
들이는 중이고."

아론은 현재 중국으로부터 독립을 한 신장 위구르에
있는 파워슈트 100벌을 가져오기 위해 무장 독립군과
협상 중에 있었다.

중국으로부터 독립을 하여 나라의 기틀을 마련해야
하는 위구르인들은 많은 돈이 필요했기에, 충분히 가능
성이 있었다.

하지만 티벳에 있는 100벌의 파워슈트는 위구르와 다
르게 협상에 난항을 겪고 있는 중이었다.

그도 그럴 것이, 티벳인들은 수호가 지급한 파워슈트
를 미국에 넘기기보단 자신들을 지키기 위한 최후의 보
루로 생각했기에, 절대로 외부에 판매할 생각을 가지고
있지 않았다.

힘이 없으면 나라와 민족이 어떻게 되는지 잘 알고
있어서 그런 것이었다.

그런데 파워슈트를 구매하려는 이들은 비단 미국만이
아니라 러시아 또한 마찬가지였다.

미국이 신장 위구르인들에게 파워슈트를 구매하기 위

해 CIA를 투입한 것처럼, 러시아 또한 MGB 요원을 파견해 파워슈트를 구매하기 위해 협상에 들어간 상태였다.

"일본에 있는 파워슈트의 경우는 좀 특이한 것이, 야쿠자들이 가지고 있어."

"뭐? 야쿠자? 그건 또 무슨…….."

갈수록 황당해 말을 하지 못할 지경이었다.

무장 독립군까진 이해가 가지만, 일본의 갱이라니.

참으로 어처구니가 없었다.

✳   ✳   ✳

"하, 이 새끼들이 이런 생각을 하고 있다고?"

쥬피터가 보여 주는 일본 총리 관저에서 행해진 관료 회의를 본 수호는 어처구니가 없었다.

어린 시절 꿈을 잃고 방황하다 군인이 되어 다시 찾은 목표를 드디어 이루었다.

그런데 그런 자신의 업적을 일본이 뒤통수를 치려고 하고 있다니.

막말로 이번 한반도 통일과 고토 회복 프로젝트를 이루기 위해 수호는 가히 천문학적인 예산을 투입하고, 한국군에 판매도 하지 않던 파워슈트를 해외로 돌렸다.

그 파워슈트의 가치만 해도 대한민국 국방 예산의 몇 년 치나 되는 금액이 들어갔다.

거기에 중국으로부터 독립을 원하는 티벳과 신장 위구르인들을 돕기 위해 무기와 장구류를 지원했다.

또한 앞으로 적이 될 수도 있는 소샤오린과 손을 잡고 그에게도 100벌의 파워슈트를 넘겨준 것은 물론이고, 몇 차례 용병 짓까지 했다.

그렇게 완성한 것이 지금의 대한민국이었다.

그런데 지금 일본이 그런 자신의 뒤통수를 치려고 하고 있으니 화가 날 수밖에.

"마사히로와 요시무라는 뭐 하고 있지?"

붉게 충혈이 된 눈으로 수호는 야쿠자 두목인 마사히로와 요시무라를 찾았다.

[고베 야마구치구미의 두목인 마사히로는 현재 일본의 정치인들을 모아 조직화하고 있습니다. 그리고······]

극우 정치인인 하시모토 켄의 사주를 받고 일본에 들어온 수호를 테러하려다 오히려 SH시큐리티의 경호원들에게 제압이 되었다 전향한 고베 야마구치구미의 오야붕 와타나베 마사히로는 숙원이던 야마구치구미를 제압하고, 그 뒤로 수호의 지시대로 은밀하게 고베 야마구치구미를 정치 세력화 하는 중이었다.

그런데 이렇게 정치 세력화 하는 과정에서 역시나 야

울트라 코리아

쿠자의 습성을 버리지 못하고 강압적으로 국회의원들을 모았다.

그럼에도 문제가 되지 않은 것은 아이러니하게도 수호가 그에게 준 파워슈트 때문이었다.

강력한 힘과 자본, 그리고 세력을 가지고 있다 보니, 국회의원도 그를 함부로 할 수가 없었다.

야쿠자가 권력을 능가하는 힘을 가지다 보니 자연스럽게 그에게 붙으려는 정치인들이 생기면서 그의 과실이 묻어졌다.

이런 마사히로의 그동안의 행적을 모두 보고한 쥬피터를 통해 수호는 그가 어떻게 하고 있는지 자세히 알 수 있었다.

"슬레인, 괜찮을까?"

예상보다 더 막 나가고 있는 마사히로로 인해 순간 당황한 수호는 자신의 옆에 서 있는 슬레인을 불러 물었다.

"그게 무슨 상관이겠습니까. 주인님의 계획한 일만 잘 수행하면 되지 않겠습니까?"

질문을 받은 슬레인은 별다른 표정 변화 없이 담담하게 대답을 했다.

슬레인의 기준에선 일본인인 마사히로나, 일본의 일은 상관할 일이 아니었다.

그가 계산하는 범위 내의 일은 수호의 주변과 조금 더 나아가 그가 포함된 대한민국에 국한된 일이었다.

그러니 일본인인 마사히로가 일본에서 어떻게 세력화하고 있는지, 그리고 일본인에게 무슨 짓을 하던 상관이 없었다.

"그렇지? 쥐를 잡는데 검은 고양이를 이용하든, 하얀 고양이를 이용하든 쥐를 박멸한다는 목적만 이루면 되는 거겠지?"

슬레인에게 질문을 한 수호는 대답을 듣고 난 뒤로 그렇게 중얼거렸다.

"맞습니다. 일본이 제 분수도 모르고 마스터와 마스터가 생활하는 대한민국을 어떻게 하려고 한다면, 그에 대한 대가를 치르게 하면 되는 것입니다."

너무도 냉정한 말이 아닐 수 없지만, 수호도 슬레인이 하는 이야기에 별다른 거부감이 들지 않았다.

"그러면 이 일을 어떻게 처리할까?"

일본 정부가 대한민국이 넓어진 국토로 인해 뒷수습을 하는 것에 정신이 없는 틈을 타서 전쟁을 벌이려는 것을 알게 되었지만, 어떻게 할지 결정을 내리기가 애매했다.

직접 나서서 문제를 해결할 수도 있지만, 아직 벌어지지도 않은 일에 자신이 일을 벌인다면, 그것이야말로 일본이 바라는 대로 되는 것일 수도 있었다.

아직까지 미국이 어떤 생각으로 대한민국을 두고 보고만 있는지 정보를 획득하지 못해 알 수가 없는 지금, 먼저 문제를 키울 필요는 없었다.

그렇다고 두고 보다가는 분명 인명 피해가 발생할 것이고, 중국과의 전쟁이 끝난 지도 얼마 되지 않은 상태이기에 공황 상태가 벌어질 수도 있었다.

"일단 정부에 이 사실을 알리고 그들의 대처를 지켜보는 것이 어떻겠습니까?"

결정을 못 하는 수호의 모습에 슬레인은 일단 공을 정부에 넘기도록 유도를 했다.

"흠, 그게 좋겠지?"

"네. 그게 나을 것 같습니다."

"알았어. 그럼 심보성 사장을 연결해 줘."

수호는 정부에 이 일본이 기습 공격을 할지도 모른다는 사실을 알리면서, 정부 인사가 아닌 PMC인 아레스의 사장 심보성을 찾았다.

"알겠습니다."

슬레인은 무슨 생각에서 수호가 정부 인사가 아닌 이미 전역을 하여 기업을 운영하는 심보성 사장을 부른 것인지는 물어보지도 않은 채 PMC아레스로 전화를 연결했다.

＊　　　＊　　　＊

드르르륵!

한창 회사 일로 이사 회의를 진행 중에 진동음이 들리자, 모든 사람들의 시선이 전화기의 주인에게 쏠렸다.

"이런, 누가……."

작게 중얼거리던 심보성은 액정에 뜬 발신자 표시를 보고 얼른 전화를 받았다.

"아니, 이게 누구야! 정 회장이 아닌가?"

수호의 이름을 확인한 심보성은 요란하게 반응을 하며 전화를 받았다.

작년까지만 해도 자주 만나 이야기도 하고, 회사 업무에 관해 협업도 하고 했는데, 최근에는 너무 바쁜 나머지 연락도 쉽지 않았다.

그래서 수호의 이름이 액정에 뜨자 반갑게 맞은 것이었다.

하지만 전화를 처음 받을 때와 다르게 통화가 길어질수록 심보성의 표정이 심각하게 굳어졌다.

"아니, 이런 상놈의 새끼들이… 알겠네, 내 군에 알리도록 하지."

전화기 너무 수호에게서 들은 정보는 참으로 황당하고 화가 나는 내용이었다.

그러다 보니 반갑던 마음도 잠시 접고 큰 소리를 낸 것이었다.

통화를 마친 심보성은 곧장 육군에 남아 있는 동기에게 연락을 하고는 조금 전 수호에게서 들은 일본의 상황을 전달했다.

*   *   *

탁!

아레스의 심보성 사장과 전화 통화를 마친 수호는 잠시 그대로 있다 다시 전화를 들었다.

그리고 아시아 평화연구소 소장으로 있는 문성국에게 전화를 걸었다.

"문 소장님, 오랜만입니다."

한때 자신을 납치해 SH화학에서 생산하는 방탄 스프레이와 사업권을 뺏으려던 문성국에게 전화를 했다.

문성국에게 전화를 한 수호는 조금 전 아레스의 심보성 사장에게 한 이야기를 그대로 전달했다.

"국정원에 아직 인맥이 남아 있다면, 방금 제가 한 이야기를 전달해 주십시오."

이미 주종 관계를 맺은 사이였지만, 수호는 절대 문성국을 함부로 대하지 않았다.

그도 그럴 것이, 그의 수족이라 할 수 있는 김국진을 자신의 밑으로 데려와 잘 쓰고 있으니, 그에 대한 보답 차원에서라도 그러지 않았다.

솔직히 김국진이 아니라면 문성국을 그렇게 극진히 대할 필요가 없었다.

문성국이 아니더라도 마음만 먹으면 수호도 충분히 국정원에 끈 하나를 심을 수 있기 때문이었다.

그럼에도 그러지 않고 국정원과 관련된 일은 김국진이나, 문성국을 통해 일을 시켰고, 그에 대한 대가로 약간의 의뢰비를 주고 있었다.

＊　　　＊　　　＊

느닷없이 걸려온 수호의 전화에 문성국은 정신이 하나도 없었다.

솔직히 그의 입장에선 수호가 연락을 하지 않는 것이 그의 정신 건강에 훨씬 이로웠다.

한때 잘못된 판단으로 납치를 시도했다가 목숨 줄을 수호에게 저당이 잡혔기 때문이다.

물론 그것이 그에게 전혀 해만 된 것은 아니었지만,

그것과 별개로 수호의 능력을 알게 되면서 겁먹은 똥개 신세가 되었다.

그러니 차라리 연락을 받지 않는 편이 심적으로 편했다.

하지만 사람이 살아가는데 마냥 좋은 일만 있는 것이 아닌 것처럼, 문성국은 요즘 참으로 평안한 생활을 영유하고 있었는데, 느닷없이 걸려온 수호의 전화에 깜작 놀랐다.

그런데 수호에게서 오랜만에 연락이 왔다는 사실보다 그 내용이 더 충격적이었다.

"아니, 일본이 정말로……."

수호의 놀라운 정보력을 잘 알고 있었지만, 앉은 자리에서 일본 총리 관저의 움직임을 모두 들여다보고 있다는 것에 문성국은 경악을 금치 못했다.

"허! 일본 놈들이 우리 대한민국을 아주 만만하게 봤군요!"

문성국은 흥분하여 말했다.

"아, 죄송합니다."

자신이 너무나 흥분해 실수를 했다는 것을 뒤늦게 깨달은 문성국은 얼른 사과를 했다.

"네, 네……."

무슨 말을 하는지 문성국은 수화기 너머 수호의 이야

기에 대답을 하며 집중해 들었다.

"알겠습니다. 바로 국정원에 이 정보를 넘기겠습니다."

수호가 무엇 때문에 자신에게 전화를 건 것인지 알게 된 문성국은 굳은 표정으로 대답을 했다.

비록 영달을 위해 국정원을 나오긴 했지만, 그렇다고 해서 일본이 조국인 대한민국을 넘보는 것을 그냥 좌시할 생각은 전혀 없었다.

막말로 욕을 해도 내가 하지, 남이 욕하는 것은 참을 수 없는 것이 인지상정이었으니까.

조국은 일본 따위가 넘볼 땅이 아니었다.

통화를 마친 문성국은 심보성이 그러했듯 바로 국정원장에게 연락을 하여 방금 전 수호를 통해 들은 일본의 움직임을 전달했다.

그렇게 심보성과 문성국을 통해 일본 총리 관저에서 벌어진 일본 관료 회의 내용은 대한민국의 군과 국정원에 전달되었다.

물론 이런 소식은 바로 직통으로 전달되지 않고 확인 절차를 거치겠지만, 일본의 움직임은 분명 있을 것이니 한국 정부도 늦지 않게 대응 태세를 갖출 것이었다.

*   *   *

일본 해상자위대 막료장인 류헤이는 방위성에서 걸려 온 전화를 받고 미간을 찌푸렸다.

자위대 막료장이라 하면 대한민국의 계급 체계로 보면, 해군 사령관 즉, 별 네 개의 대장에 해당하는 계급이었다.

그런데 그런 류헤이는 무엇이 마음에 들지 않는지 좀처럼 인상을 펴지 못하고 있었다.

'하, 진짜… 바카!'

비록 그의 집무실에 다른 사람은 없었지만, 류헤이는 겉으로 소리를 내지 않고 속으로만 불만을 토로했다.

이는 아무리 그가 해상자위대의 막료장이란 최상위 직책을 맡고 있다고는 하지만, 언제 어떻게 목이 날아갈지 모르는 공무원일 뿐이기 때문이었다.

'한국과 전쟁을 벌이겠다고? 중국에게도 승리한 한국에? 허……'

방금 전 전화를 건 방위성 장관의 말은 참으로 어처구니가 없었다.

한반도 통일과 중국과 벌인 전쟁으로 인해 한국이 승리를 하기는 했지만, 분명 막대한 피해를 입었을 것이니, 기습을 한다면 다케시마(독도)와 북한의 일부 지역, 그리고 만주 땅 일부를 확보할 수 있을 것이라 했다.

또한 그 정도 선에서 미국을 앞세워 중재를 한다면 충분히 성공 가능성이 있다고 말하며, 자신이 지휘하는 해상자위대의 역할이 중요하다고 전했다.

하지만 이는 듣기에는 그럴싸해 보이지만, 실상은 너무나 허무맹랑한 작전이 아닐 수 없었다.

물론 한국이 방위성 장관의 말대로 전쟁으로 인한 피해를 입었을 수도 있다.

그렇지만 일단 뉴스로 발표된 것만 따져 보면, 한국 국군은 이번 전쟁으로 인해 별다른 피해를 입지 않았다 발표를 했다.

그저 그동안 북한 때문에 비축해 둔 구형 포탄과 미사일 등을 소모하긴 했지만, 충분히 여유가 있음을 알렸다.

실제로 한국의 국방 채널을 통해 혹시라도 있을지 모를 도발을 대비해 탄약 창고 일부를 공개함으로써 발표의 신빙성을 높여 주었다.

그런데 이런 뉴스도 보지 못했는지, 방위성 장관이란 사람이 그저 막연한 짐작으로 전쟁을 벌이려 했다.

탄약과 미사일 등의 장비가 부족할 것이니 한국의 전쟁 수행 능력이 떨어져 있는 지금이 잃어버린 땅을 되찾을 기회라 역설하고 있었다.

하지만 류헤이는 방위성 장관인 그가 다케시마(독도)

의 위치나 제대로 알고 있을지 의문이었다.

그래도 일단 방위성에서 명령이 내려왔으니, 자신도 어떤 움직임을 취하지 않을 수가 없었다.

그렇지 않으면 바로 다른 인물로 교체가 될 테니까.

자신도 그렇게 정부에 약간의 반항을 하던 동기가 좌천이 되면서 지금의 자리에 오르지 않았는가.

'젠장, 그게 가능할까?'

류헤이는 계속해서 관료들이 생각한 작전이 정말로 가능할지에 대해 고민을 하며 해상자위대에 비상을 걸어 긴급회의를 소집했다.

자신이 해상자위대의 막료장이긴 하지만, 이미 이번 일은 방위성도 아닌 총리 주재 막료 회의에서 결정이 난 일이기에 어쩔 도리가 없었다.

＊   ＊   ＊

"막료장님, 진짜로 한국과 전쟁을 벌이는 것입니까?"

무사시 해장은 굳은 표정으로 류헤이 막료장을 보며 물었다.

그리고 그의 질문에 자리에 있던 많은 장관급 간부들과 좌관급 간부들의 시선이 모였다.

"막료 회의에서 결정된 사항이다. 일전의 반대를 받

아들이지 않겠다."

개인적으로야 굳이 한국과 전쟁을 벌여야 하나 하고 부정적인 입장이었다.

하지만 다른 장관과 좌관급 간부들 앞에서는 그런 모습을 보일 수 없었다.

여기 어느 누가 총리의 끄나풀인지 알 수가 없기 때문이기도 하고, 해상자위대 막료장으로서 일단 내려온 명령은 어찌 되었든 따라야 한다고 생각하는 일본인 특유의 기질 때문이었다.

"하이!"

단호한 류헤이의 답변에 질문을 한 무사시 해장이 바로 고개를 숙여 대답을 했다.

"총리 이하 관료들은 한국이 한반도 통일 전쟁과 중국과의 전쟁으로 인해 피해를 입었을 것이라 판단을 하고 있다. 물론……."

류헤이는 도조 다이스케 방위성 장관이 전한 이야기를 그대로 말했다.

하지만 조금 다른 점은 그저 들은 이야기만 전달하는 것이 아니라 자신이 개인적으로 알아본 한국군의 정보를 덧붙이며 이야기를 했다는 것이다.

"하지만 내 개인적으로 알아본 바에 의하면, 최근 한국 해군에 최신예 전함 세 척이 인계되었다고 한다."

방위성에서는 한국군의 전력이 전쟁으로 인해 상당 부분 줄어들었을 것으로 판단을 하였지만, 실제로 그런 부분은 이번에 새롭게 합류한 전함들로 인해 전쟁 이전보다 더 상승했다.

  "설마 소문으로만 무성하던 전함이 실제로 있던 것입니까?"

  류헤이의 설명이 끝나기 무섭게 여기저기서 말들이 터져 나왔다.

  일본 해상자위대의 주적은 러시아 해군이었다.

  하지만 실질적인 적은 사실 북한이 아니라 한반도 전체였다.

  그러다 보니 이들 해상자위대 간부들의 주 관심사는 한국 해군의 전력이 될 수밖에 없었다.

  그런데 요 몇 년 소문으로만 떠돌던 이야기가 있었는데, 그것은 바로 한국 해군에서 이미 구시대의 유물이 되어 버린 함포를 주력으로 하는 전함이 건조되었다는 이야기다.

  항공모함이 개발이 되면서 전장의 주역이던 자리를 빼앗기고, 미사일의 발전으로 더 이상 함포는 해군에 그리 필요한 존재가 아니게 되었다.

  그도 그럴 것이, 포라는 것은 아무리 멀리 날아가도 100㎞ 안팎이다.

한국에서 300㎞를 날아가는 자주포탄을 개발하긴 했지만, 그것을 함포로 사용하기에는 그 위력이 너무도 약했다.

분명 포탄이 300㎞를 날아가는 것은 놀라운 일이기는 하지만, 미사일을 사용하면 보다 멀리 그리고 한 방에 적 함선을 침몰시킬 수도 있는데, 155㎜ 포탄으로는 몇 발을 명중시켜야 군함을 침몰시킬지는 현재로서는 알 수가 없었다.

그런 이유 때문에 함포를 주력으로 한 전함을 건조한다는 소문을 들었을 때는 처음에는 그저 헛소문으로 넘겼다.

좀 더 자세한 소식을 들었을 때는 역시나 조선인들은 미개하다고 생각했다.

그렇지만 한중 전쟁 와중 소문으로만 듣던 전함은 막대한 위력을 발휘했다.

230㎜ 함포 열 문을 장비한 전함 세 척은 강력한 중국의 동해함대에 막대한 피해를 주었다.

그것도 동해에서 한반도를 가로질러 황해에 있는 전장에 정확하게 중국 군함들만 표적으로 하여 명중을 시켰다.

이러한 뉴스를 접했을 때, 일본 해상자위대 간부들은 하나같이 경악을 금치 못했다.

그런데 그 무시무시한 전함이 한국 해군에 편입이 된 상태에서 한국과 전쟁을 해야 하고, 그 선봉에 자신들이 나서야 한다는 사실에 불안감이 엄습했다.

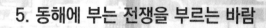

5. 동해에 부는 전쟁을 부르는 바람

수호가 전달한 일본 총리 주재 각료 회의에서 나온 정보는 순식간에 군과 정부에 전달이 되었다.

그리고 이 정보의 정확도를 알아보기 위해 국정원과 국군 정보사령부가 움직였는데, 사실 이들이 움직인 것은 요식행위에 지나지 않았다.

그도 그럴 것이, 이 정보의 출처가 SH 그룹의 회장인 수호란 것이 알려졌기 때문이다.

한반도 통일과 고토 회복 프로젝트의 실질적인 입안자이며, 프로젝트가 성공하는데 지대한 공헌을 한 그인지라 정부 관계자나, 군 지휘부도 이를 가볍게 여기지 않았다.

또 그렇지 않아도 최근 일본 내에서 불고 있는 이상 기류로 인해 한국 정부는 물론이고, 군에서도 우려를 표하기도 했다.

물론 군과 정부가 우려하는 바는 달랐지만, 일본의 정황이 불안정하게 된다면 그 영향이 일본과 가장 가까운 곳에 있는 대한민국에 어떤 형태로든 영향을 미칠 수밖에 없었다.

그래서 예의 주시하고 있던 중에 수호에게서 들어온 정보였기에, 더욱 그러한 것이었다.

*　　　*　　　*

"모두 모였나요?"

비서실장이 집무실 안으로 들어서자 정동영 대통령은 하던 일을 멈추고 그를 보며 물었다.

"예, 회의장에 모여 있습니다."

"그럼……."

살펴보고 있던 보고서를 내려놓은 정동영 대통령은 자리에서 일어나 집무실 밖으로 나갔다.

그가 향하는 곳은 NSC 위원들이 모여 있는 회의실이 었다.

다른 때 같았다면 NSC 위원들을 그냥 자신의 집무실로 불렀겠지만, 오늘은 처리해야 할 일들이 있어 어쩔 수가 없었다.

그렇게 NSC 위원들을 소집한 정동영 대통령은 회의실 안으로 들어가 위원들과 안보 회의를 하기 시작했다.

오늘의 주제는 얼마 전 들어온 일본의 불온한 움직임에 대한 내용이었다.

"바쁘신 와중에 이렇게 불러 죄송합니다."

회의실 안으로 들어선 정동영 대통령은 바로 사과의 말을 전했다.

하지만 그런 정동영 대통령의 인사에 어느 누구도 뭐라 하는 사람은 없었다.

그도 그럴 것이, 이것이 정동영 대통령의 대화 방법이었기 때문이다.

"국정원장, 시작하죠."

인사를 마친 정동영 대통령은 바로 국정원장을 쳐다보며 안보 회의의 시작을 알렸다.

"예, 알겠습니다. 우선……."

얼마 전 기존 국정원장이 건강상의 이유로 자리에서 물러나고 새롭게 국정원장이 된 문재성은 자리에서 일어나 이번 회의 안건에 대한 설명을 시작했다.

대공 수사를 담당하던 현장 요원 출신인 그는 이번 일본의 비밀스런 움직임에 대해 자세히 조사를 했다.

언제든지 이런 일을 벌일 수 있는 족속이 바로 일본의 우익들이다 보니, 예전부터 그들을 주목해 왔다.

더욱이 한반도가 통일이 되면서 그가 담당하던 대공 수사 파트는 산업스파이 색출에 더 치중을 하였는데, 붙잡힌 산업스파이들 중 유독 일본의 내각정보조사실 요원으로 보이는 이들이 늘어났다.

예전에는 중국의 산업스파이들이 훨씬 더 많았는데, 지금은 어수선한 틈을 타고 중국의 산업스파이가 줄어든 반면, 일본의 경우 예전 중국의 스파이만큼이나 늘어난 상태였다.

그것을 다르게 보면 일본이 대한민국을 상대로 뭔가 힐책하고 있음을 암시했다.

그렇지 않고서야 필요 이상으로 스파이를 보낼 이유가 없었기 때문이다.

"정보의 최초 출처는 SH 그룹의 정수호 회장이라 합니다. 그 말은……."

"허!"

정보의 최초 출처가 SH 그룹이란 이야기가 나오자, 여기저기서 탄식이 들려왔다.

그도 그럴 것이, SH 그룹은 더 이상 평범한 기업이

아니었다.

SH 그룹의 정보력은 국정원의 정보 취득 능력을 한참이나 추월해 있었다.

어떻게 그렇게 정확하고 방대한 정보를 취득하는지는 알 수 없었지만, 그동안 보여 준 SH 그룹의 능력을 보면 인정하지 않을 수가 없었다.

중국의 사주를 받아 북한이 휴전선 인근에서 무력 도발을 자행할 것을 정확하게 알아낸 것은 물론이고, 그 도발이 동쪽 끝과 서쪽 끝에 있는 곳에서 시작이 될 것을 알아냈다.

거기에 정확한 시기까지 알고 대비를 하게 조언을 했다.

그런데 SH 그룹의 회장인 정수호는 단순하게 북한의 도발을 막아 내는 정도에 그치지 않고, 이를 이용해 민족의 숙원이던 한반도 통일을 이룰 수 있는 계획을 세웠다.

뿐만 아니라 북한이, 아니, 한반도가 통일이 되면 어떤 일이 벌어질지 잘 알고 있는 중국이 이를 그냥 두고보지는 않을 것까지 예측했다.

그리고 이번 기회에 잃어버린 고토까지 되찾자며, 그룹의 총력을 다해 도움을 주었다.

그 과정에서 정수호 회장은 인맥을 이용해 아무도 예

상치 못한 전력을 끌어왔다.

UAE로부터 전투기 조종사와 전투기들을 한중 전쟁에 끌어온 것이었다.

이로 인해 대한민국은 중국 공군에 절대적으로 밀리던 항공 전력을 극복할 수 있었다.

그렇게 공중에서 대한민국 공군이, 그리고 육상에서는 아시아 최강인 제7기동군단이 중국의 육군을 압도했다.

그런데 이런 전투에서 우세를 점하게 된 것은 모두 SH 그룹에서 전해 준 정보와 도움 때문이었다.

뿐만 아니라 단 한 차례 치러진 중국 동해함대와 대한민국 해군 제2함대의 교전에서 승리할 수 있던 것도 사실상 SH 그룹의 도움이 결정적이었다.

중국 동해함대의 군함들의 숫자나, 총 톤수는 대한민국 해군 제2함대가 보유한 군함의 숫자나, 총 배수량에서 열세였다.

그럼에도 해전에서 승리를 할 수 있던 것은 발주하지 않았음에도 불구하고, SH 그룹에서 자체적으로 발주하여 건조한 순양함 때문이었다.

현대 해군의 트랜드와는 흐름을 달리한 이 순양함들은 230㎜ 초장거리 함포 열 문을 탑재한 상식을 초월한 전함으로 미국도 연구를 실패한 군함이었다.

그런 순양함 세 척이 동해에서 시험 운항을 하던 중 황해에서 벌어진 제2함대를 지원하기 위해 함포를 발사하였다.

한 번에 서른 문의 함포에서 230㎜ 포탄이 중국 동해함대의 머리 위로 쏟아졌다.

함포 한 문의 발사 속도가 분당 열두 발이나 되는 엄청난 화력을 보여 주는데, 주포 서른 문이 쏟아 내는 포탄은 중국 동해함대 해군들에게는 가히 지옥 불이나 다름이 없었다.

그렇기에 전력 차가 두 배 이상 남에도 불구하고 한국 해군 제2함대 중국의 동해함대를 상대로 완승을 할 수 있었다.

그래서 전쟁이 끝나고 대한민국 해군은 시험 운행 중인 SH 그룹에서 개발한 고속순양함을 세 척 모두 인수하여 배치했다.

그리고 전력 강화를 위해 세 척 더 건조 주문을 넣었다.

물론 예산 문제로 인해 당장을 바로 건조가 될 수 없겠지만, 어찌 되었든 한국 해군의 전력이 급상승한 것은 사실이었다.

이러다 보니 정보가 SH 그룹 정수호 회장에게서 나왔다는 말에 아무도 의심하지 않았다.

그동안 SH 그룹의 정수호 회장이 나선 일이 대한민국에 해가 되는 일은 전혀 없었고, 오히려 그가 하는 행동 하나하나가 대한민국의 위상을 드높이는 일이었기에, 그에 대한 믿음이 단단한 것이었다.

"그 말은 일본이 확실하게 우리의 뒤통수를 칠 것이란 소린데, 미국이 이를 그냥 두고 보고 있겠습니까?"

이신형 국무총리가 조심스럽게 자신의 생각을 이야기했다.

"그래서 저희는 두 가지로 시나리오를 짜 봤습니다."

문재성 국정원장은 조심스럽게 정보를 취합하고 세운 가설을 설명하기 시작했다.

국정원에서 일본이 그런 음모를 꾸미는 것에 미국이 어떻게 반응할지 고민을 하고 세운 가설이었는데, 두 가지 모두 꽤 그럴듯한 내용이었다.

다만, 두 가설의 상황이 정반대되는 내용이다 보니 앞으로 미국을 상대로 할 때, 이 둘을 감안해 정부 정책을 세울 필요가 있었다.

*　　　*　　　*

일본의 해상자위대 제3호위대군의 모항인 마이즈루항은 무척이나 분주해졌다.

그도 그럴 것이, 느닷없이 방위성에서 긴급명령이 떨어졌기 때문이다.

"미가미! 무슨 일이 벌어진 거야?"

한창 보급 물자를 채우고 있던 하나다는 급히 뛰어가고 있는 삼등해조(하사)인 이시다 미가미를 불러 세웠다.

"충성. 하나다 이등해조님, 부르셨습니까?"

사령부에서 내려온 명령문을 전달하기 위해 뛰어가던 미가미는 자신을 부르는 하나다 이등해조의 부름에 경례를 하고는 용건을 물었다.

"그래. 지금 무슨 일이 벌어지고 있는 거야?"

훈련 상황이라 보기에는 현재 기지 내에서 벌어지고 있는 상황이 이상했기 때문에 의문을 가지게 되었다.

"아무래도 전쟁이 벌어질 것 같습니다."

하나다 이등해조의 물음에 미가미 삼등해조는 조심스럽게 주변을 살피다 낮은 목소리로 자신의 생각을 이야기했다.

"뭐? 전쟁? 어디랑?"

전쟁이란 이야기에 하나다 이등해조는 눈을 동그랗게 뜨며 물었다.

도대체 일본이 어느 나라와 전쟁을 벌인다는 말인가.

'설마 러시아와?'

하나다 이등해조가 생각하기에 일본이 전쟁을 할 나라가 어디일까 생각을 하다, 자신이 소속된 제3호위대군이 출동을 하는 것이라면 상대는 러시아밖에 없었다.

"설마 러시아와 우리가 전쟁을 벌인다는 거야?"

하나다는 조심스럽게 자신의 생각을 드러냈다.

"우리가 러시아의 상대가 되겠습니까?"

상대가 러시아냐는 질문에 미가미 삼등해조는 피식 실소를 하며 대답을 했다.

그런 미가미의 태도에 조금 화가 나긴 했지만, 하나다는 더 묻지 않을 수가 없었다.

러시아가 아니라면 동북아시아에서 적대적인 국가는 중국밖에 없는데, 현재 중국은 한국과의 전쟁에서 패전을 한 상태.

더욱이 주력이라 할 수 있는 북해함대와 동해함대가 작살이 나 버렸다.

북해함대의 경우 전력의 피해는 없었지만, 속지주의 원칙으로 인해 함대가 있던 천진이 한국에 넘어가면서 북해함대 또한 함께 넘어갔다.

또 동해함대의 경우 전쟁 초기 한국 해군과 교전 중 함대를 구성하던 군함들이 피격을 당해 격침이 되거나, 대파되어 사실상 전멸을 한 상태였다.

그 때문에 전쟁이 끝난 뒤 살아남은 군함들은 남해함

대에 편입이 되어 사실상 중국의 해군은 남해함대 하나만 남아 있는 상태였다.

더욱이 자신이 속한 제3호위대군은 중국 해군을 견제하는 함대가 아닌 러시아의 태평양 함대를 견제하는 함대였다.

그러니 하나다는 이해할 수가 없었다.

'설마?'

한참 고개를 갸웃거리며 궁리를 하던 하나다는 문득 이상한 생각이 들어 미가미 삼등해조를 쳐다보다 조심스럽게 물었다.

"설마 상대가 한국이냐?"

"그걸 어떻게 아셨습니까?"

설마 하는 생각에 물어보았는데, 이를 들은 미가미 삼등해좌는 그에게 어떻게 그 사실을 알게 되었는지 물었다.

"아니, 적성국도 아니고 한국과 무엇 때문에 전쟁을 벌인다는 거야?"

하나다는 비록 친한파는 아니지만, 아무런 적대적 행위도 하지 않는 한국과 전쟁을 치러야 한다는 사실에 놀라 물었다.

더욱이 한국은 그동안 중국과 북한, 그리고 러시아를 견제하기 위해 미국을 가운데 두고 연합을 한 국가이지 않은가.

그런데 아무런 조짐도 없이 전쟁을 치른다고 하니 기가 막혔다.

'전쟁이 나면, 혹시 플라워즈 짱들이 다치는 것은 아닐까?'

한국의 여성 아이돌 그룹인 플라워즈의 덕후인 하나다는 순간 전쟁으로 인해 그녀들이 피해를 보지는 않을까 걱정이 되었다.

그리고 이러한 생각을 하는 이들은 하나다 말고도 이곳 마이즈루 내에서도 꽤 있었다.

하나다처럼 한국 아이돌에게 빠져 덕질을 하는 이들이 적지 않았기 때문이다.

자국 일본 아이돌과는 차원이 다른 노래와 안무, 팬서비스까지, 한국의 아이돌은 뭔가 달라도 너무도 달랐다.

사실 일본 내에서도 일본의 아이돌은 그냥 팬들의 인형 혹은 장난감에 지나지 않는다는 평가를 받고 있었다.

그에 반해 한국의 아이돌은 그 이름처럼 우상이라 부를 수 있었다.

성공의 롤 모델과 같은 존재가 바로 한국의 아이돌이었다.

그렇지만 좋아하는 것은 좋아하는 것이고, 일단 명령이 떨어졌으니 출동 준비를 해야만 했다.

 "하, 우리 일본의 정치인들은 무슨 생각을 하고 있는 건지."

 한국과 전쟁을 할지도 모른다는 생각에 하나다는 허공에 대고 소리쳤다.

 자위대원이라고 예전처럼 정부의 방침을 무조건적으로 따르지는 않았다.

 한국 아이돌에게 관심을 가지게 되고, 한국의 뉴스를 접하다 보니 일본 정부가 하는 이야기나, 뉴스가 전달하는 내용이 정확하지 않다는 것을 깨달은 뒤로 하나다는 일반적인 일본인과 다른 시각을 가지게 되었다.

 다만, 배운 것이 짧다 보니 직업을 선택하는 폭이 적어 어쩔 수 없이 자위대에 지원하여 지금에 이르렀다.

 "알았다, 가 봐라!"

 "충성! 수고하십시오."

 그렇게 부대에 비상이 걸린 이유를 알게 된 하나다는 작게 손짓을 하며 미가미에게 하던 일을 하라고 했고, 이에 미가미 또한 할 말을 마치고 다시 뛰어갔다.

*　　　*　　　*

졸졸졸졸.

고베 아리마 온천 마을에 흐르는 시냇물 소리가 한층 더 온천의 정취를 느끼게 해 주고 있었다.

저벅! 저벅!

검정색 정장을 입은 장재원이 조심스럽게 걸어왔다.

"와타나베 마사히로가 도착했습니다."

눈을 감고 따뜻한 온천욕을 즐기고 있던 수호의 귓가에 나직하니 보고를 했다.

장재원의 보고에 눈을 감고 있던 수호는 슬며시 눈을 뜨고는 대답을 하였다.

"들어오라고 해."

"알겠습니다."

요주의 인물이기에 수호는 일본에 입국할 때, 정체를 숨기고 다른 사람의 신분으로 들어왔다.

그리고 최대한 정체를 숨기기 위해 예전에 묶은 겟코엔에 투숙을 했고, 야쿠자 세계를 반분한 고베 야마구치구미의 두목인 와타나베 마사히로를 불렀다.

저벅! 저벅!

저 멀리서 희미하게 여러 사람이 걸어오고 있는 발자국 소리가 들렸다.

그중 하나는 조금 전 보고를 하기 위해 온 장재원의 것이고, 나머지 하나는 자신이 부른 와타나베 마사히로의 것일 터.

"회장님, 부르셨습니까?"

와타나베 마사히로는 허리를 굽혀 정중하게 인사를
했다.

"그래, 오랜만이야."

자신보다 나이가 많은 와타나베 마사히로를 보면서도
수호는 말을 낮췄다.

"예, 오랜만에 불러 주셔서 감사합니다."

처음 수호와의 만남은 그렇게 좋은 인연이 아니었지
만, 제압이 된 뒤로 전향을 하여 일본 내에서 수호의 수
족을 자처하게 되었다.

그런데 그것이 마사히로에게는 행운이 되어 거대한
야쿠자 세계를 반분할 수 있게 만들었다.

한때는 일본 야쿠자 조직 중 3대 조직에 속한 조금
큰 조직에 불과했지만, 이제는 일본 내에서도 1~2위를
다투는 거대 조직이 되었다.

그렇다고 또 다른 조직과 경쟁을 하는 사이도 아니었
다.

그도 그럴 것이, 고베 야마구치구미와 어깨를 나란히
하고 있는 조직인 사카우메구미 또한 바로 앞에 있는
수호에게 굴복한 조직이기 때문이다.

즉, 일본 야쿠자의 양대 산맥인 고베 야마구치구미와

사카우메구미 모두 수호의 밑에 있는 하수인에 불과했다.

그러니 굳이 항쟁을 하여 야쿠자의 정점에 서기 위해 피를 튀길 필요가 없다는 소리였다.

그저 각자의 영역에서 이익을 추구하면 되는 것이었다.

그러다 수호에게서 일이 떨어지면 그것을 수행하면서 세력을 유지하면 되었다.

이는 와타나베 마사히로에게는 너무도 쉬운 일이었다.

물론 조직 내 하부 세력 중에는 이런 마사히로의 행보에 불만을 가진 이들이 더러 있었다.

그들은 수호와 SH시큐리티의 전투를 보지 못한 이들이었다.

수호와 SH시큐리티의 전투를 직접 목격한 야쿠자들은 감히 그럴 생각은 하지도 못했다.

하지만 시간이 흐르고 또 조직에 새로운 피가 수혈이 되면서 망각을 하는 이가 나오는 것은 어쩌면 당연한 현상이었다.

그럴 때면 와타나베 마사히로는 강력한 무력으로 자신에게 반항을 하는 이들을 숙청했다.

그리고 숙청을 할 때면, 수호가 주고 간 파워슈트를

입고 직접 응징에 나섰다.

그러면 모든 것이 자연스럽게 해결이 되었다.

불만을 표하던 이들도 자신이 그렇게 한 번 무력을 보이고 나면 어느 누구도 반항을 하지 못했다.

그래서 와타나베 마사히로가 지금 자신을 찾은 수호에게 존경의 염을 다하는 것이었다.

또한 이제는 단순히 야쿠자 세계만 다스리고 있지 않은 마사히로는 수호와의 관계를 더욱 돈독히 하여 이곳 일본에 자신만의 왕국을 세우고 싶었다.

한국은 물론이고, 세계적으로 영향력을 행세하는 SH 그룹의 회장인 수호의 도움이 있다면 충분히 그것이 가능하다 판단이 섰다.

그래서 이렇게 자신을 불러 준 것에 대해 감사를 하고 머리를 조아리는 것에 서슴이 없었다.

"요즘 세력을 모으고 있다고?"

'헉! 그것을 어떻게 알았지?'

자신이 세력을 모으고 있는 사실을 수호가 알고 있다는 것에 놀란 마사히로는 긴장된 표정으로 대답을 했다.

"예. 정치인들과 기업인들을 모아 서부 지역에 세력을 모으고 있습니다."

이미 알고 있는 것 같았기에 마사히로는 숨김없이 자

신이 어떻게 세력을 키우고 있는지 보고를 하였다.

"아아, 긴장할 것 없어. 마사히로, 당신이 세력을 키워 일본 내에서 어떤 위치에 오르던 상관없어. 다만……."

고베 야마구치구미의 오야붕인 와타나베 마사히로가 무엇 때문에 정치인과 경제인들을 모아 세력을 키우고 있는지는 정확하게 알지 못했다.

다만, 그것이 향하는 곳이 자신의 조국인 대한민국만 아니면 무슨 짓을 해도 상관이 없었다.

또한 야쿠자이기는 하지만 와타나베 마사히로가 그리 머리가 돌아가지 않는 이도 아니고, 그 정도만 해도 충분히 자신의 말뜻을 알아들을 것을 알기에 그만한 것이었다.

"참, 당신도 알고 있나?"

"어떤 것을 말씀하시는 것인지 제게 알려 주십시오."

뜬금없는 수호의 질문에 마사히로는 더욱 고개를 숙이며 수호의 뜻을 알려 달라고 부탁했다.

그런 마사히로의 모습에 수호는 입꼬리를 살짝 올리며 미소를 지었다.

"마시히로, 정치를 하고 싶나? 그렇다면 곧 기회가 올 거야."

수호는 모든 것을 다 알고 있다는 듯 마사히로에게

정치를 하고 싶냐는 질문을 던졌다.

하지만 질문을 했음에도 대답을 듣지도 않고 곧 기회가 올 것이라 말만 하였다.

그런 수호의 말에 마사히로는 눈을 동그랗게 떴다.

'그게 무슨 소리지? 곧 나에게 기회가 올 것이라니.'

방금 전 수호가 한 기회가 올 것이란 말이 잘 이해가 가지 않았지만, 방금 수호가 한 말로 인해 마사히로는 자신의 야망을 수호가 허락했음을 깨달았다.

그리고 마사히로의 얼굴이 붉게 상기되었다.

"허락을 해 주시는 것으로 알고 기쁘게 봉행하겠습니다."

야쿠자라 그런지 현대에는 잘 사용하지 않는 봉행하겠다는 말을 사용하며 이번에는 아예 바닥에 엎드려 큰절을 했다.

"이런, 일본의 밤을 지배하는 황제 중 한 명이 이렇게 무릎에 흙을 묻혀서야 되겠어? 얼른 일어나라고."

하지만 이번만은 수호의 말을 듣지 않는 마사히로였다.

이는 야쿠자 세계의 예였기에 그러하였다.

그런 마사히로의 모습을 본 수호는 더 이상 그것을 두고 뭐라고 하지 않고, 다시 자신이 할 말을 이었다.

"그런데 말이야. 마사히로?"

수호는 아직까지 자신에게 엎드려 뒤통수를 보이고 있는 마사히로를 은근하게 불렀다.

"하이!"

"당신, 의료 사업 한 번 해 볼 생각 없나?"

야쿠자에게 의료 사업을 제안하는 수호였다.

너무도 생뚱맞은 제안이 아닐 수 없었다.

"의료 사업이라니, 그것이 무슨……."

그가 아무리 정치인을 끌어들이고 경제인들을 휘하로 모은다 해도 그 근본은 야쿠자였다.

그런 자신에게 의료 사업을 제안하다니, 뭔가 이상한 기분이 들었다.

"내가 한국에서 크게 사업을 하는데……."

SH 그룹을 운영하는 것을 수호는 크게 사업을 하고 있다고 표현을 하며 자신이 마사히로에게 제안한 의료 사업에 대해 설명을 하였다.

수호에게서 사업에 관한 설명을 모두 들은 마사히로는 깜짝 놀랐다.

이게 사실이라면 자신이 먼저 수호에게 매달려야 할 판이었다.

"맡겨 주신다면, 일본의 서부에서 크게 사업을 해 보겠습니다."

일본의 의료계는 한국과 다르게 민영화가 되어 있어

상당히 큰 사업이라 할 수 있었다.

그런 사업을 마사히로는 일본 서부에서 하겠다고 대답을 했다.

이는 미츠노 요시무라와 협정을 맺어 사카우메구미는 일본의 동부를, 고베 야마구치구미는 서부에서 사업을 한다고 평화협정을 맺었기 때문이다.

"좋아. 그럼 동부는 요시무라에게 이야기를 하면 되겠군."

두 사람이 무슨 협정을 한 것인지 알고 있는 수호는 마사히로의 대답을 듣고는 그렇게 이야기했다.

"그건 그렇게 하기로 하고, 자네가 좀 해 줘야 할 일이 있어."

수호는 자신이 직접 이곳 일본에 온 목적을 이야기하기 시작했다.

"무슨 일인지 모르겠지만, 맡겨만 주신다면 완벽하게 처리하겠습니다."

"좋아. 그럼 믿고 일을 맡기도록 하지."

일을 처리할 손이라면 수호의 밑에도 많았다.

그럼에도 불구하고 일본까지 와서 야쿠자인 마사히로를 찾은 이유는 혹시 있을지 모를 추적을 피하기 위해서였다.

"고노스케 관방 장관, 도조 다이스케 방위성 장관, 호

리모토 준이치 문부과학성 장관… 이들을 적당히 사고로 위장해 처리를 했으면 좋겠어. 해 줄 수 있겠나?"

말은 너무도 평온해 아주 가벼운 부탁을 하는 것처럼 보였지만, 그 내용은 전혀 그렇지 않았다.

무려 일본을 움직이는 내각의 대신들이었다.

특히나 방금 전 수호가 언급한 이들은 현 총리인 나카소네 후데토시의 측근들이었다.

자칫 이런 이야기가 외부에 알려지기라도 한다면, 아무리 일본의 밤을 지배하는 고베 야마구치구미라 해도 무사하지 못할 것이었다.

그렇지만 이미 야망에 불탄 마사히로의 머릿속에는 다른 계산이 무수히 펼쳐지고 있었다.

＊   ＊   ＊

대한민국 해군은 오군(육해공군＋해병대＋우주군) 통합사령부에서 내려온 정보를 통해 일본 해상자위대의 움직임을 실시간으로 감시하고 있었다.

"함장님, 일본의 제3호위대군이 마이즈루를 빠져나오고 있습니다."

레이더 관측장교가 급히 보고를 했다.

새롭게 1함대에 배속된 순양함 1번함인 해모수함의

함장 권해수 대령은 관측장교의 보고에 정신이 번쩍 들었다.

"방향은?"

짧고도 명확한 물음에 관측장교는 레이더 상에 나타난 일본 제3호위대군의 방향을 다시 한번 살피고는 보고를 하였다.

"열두 시 방향으로 움직이고 있습니다."

'열두 시 방향이라……'

관측장교의 보고에 권해수 대령은 미간을 찌푸리며 고심을 했다.

그도 그럴 것이, 동해를 작전구역으로 하는 일본 해상자위대의 제3호위대군이 동해로 나오는 것은 자연스러운 일이었다.

하지만 이미 일본이 무슨 생각을 하고 있는지 잘 알고 있는 그로서는 이번 제3호위대군의 움직임이 정상적으로 보이지 않았다.

더욱이 원래 이들이 해상 훈련을 한다는 이야기를 듣지 못했기에 더욱 그랬다.

그렇다고 러시아 극동함대에서 비밀리에 잠수함이 내려온 것도 아니기에, 그들의 움직임이 정상적으로 보이지 않는 것이었다.

"계속해서 그들의 움직임을 파악해."

아직까지 별다른 위협적인 모습을 보이지 않고 있기에, 권해수 대령으로서는 그 이상의 명령을 내릴 수가 없었다.

다만, 이런 일본 해상자위대 제3호위대군의 움직임은 즉시 통합 사령부와 청와대로 보고가 되었다.

일본은 짐작하지 못하고 있지만, 이미 대한민국은, 아니, 대한미국 국군은 일본 자위대의 움직임에 촉각을 세우고 예의 주시하고 있는 중이었다.

만약 조금의 도발의 움직임이 있다면, 바로 타격을 하기 위해 준비를 하고 있었다.

그래서 일본의 가장 우선적인 목표가 될 독도에 상주한 독도 수비대 인원은 이미 며칠 전에 울릉도로 퇴거를 하였다.

그리고 독도에는 슬레인이 자신이 사용할 신체를 만들기 위해 연구하는 과정에서 개발된 안드로이드가 인조 피부를 하고 독도 수비대를 대신해 배치되어 있었다.

이는 혹시나 일본이 이상함을 눈치채고 작전을 중지할 것을 대비해 함정을 파 놓은 것이기도 했다.

솔직히 최근에 완성한 안드로이드를 사용했다면 아무도 눈치를 채지 못했을 테지만, 굳이 이번 일에 천문학적인 예산들 들여 개발한 최신형 안드로이드를 버릴 이유는 없었다.

그래서 일정 구역을 움직이면서 멀리서 보기에 초소에 수비대가 있는 것으로 보일 정도의 성능을 가진 초기에 연구하던 안드로이드를 이곳에 가져다 놓았다.

"함장님, 그런데 저게 통할까요?"

이들도 정확한 것은 알지 못하지만, 독도 초소가 어떤 상황인지는 익히 들어 알고 있었다.

독도에 있던 기존 수비대원들은 모두 상부의 명령에 의해 울릉도로 피신을 한 상태고, 지금 독도 초소에 있는 이들은 SH인더스트리에서 개발한 로봇이 배치가 되어 있다는 사실을 말이다.

그런데 이들이 잘못 알고 있는 것이 있는데, 독도 초소에 있는 것은 로봇이 아닌 안드로이드였다.

크게 보면 둘 다 같은 것이지만, 엄밀히 따지면 로봇과 안드로이드는 큰 차이가 있었다.

안드로이드가 넓은 범위에선 로봇이라고 할 수 있지만, 안드로이드는 단순한 기계가 아닌 인간과 비슷한 모양으로 개발된 로봇을 말한다.

그러다 보니 그 사용처가 일반적인 로봇과는 달랐다.

수호는 이런 안드로이드에 화상 치료용 인공 피부를 덧붙여 보다 인간의 모습을 가지게 만들었다.

가까이 다가가 본다면 분명 인간과는 다르다는 것을

파악할 수 있겠지만, 수십 ㎞ 밖에서 망원경으로 살핀다면 인간과 잘 분간하기 어려울 정도였다.

그렇기에 해모수함의 장병들이 우려하는 상황은 닥치지 않을 것이었다.

그리고 그 말은 대한민국에 또 다른 기회를 가져다주는 계기가 된다는 소리였다.

"함장님, 제3호위대군이 방향이 틀어졌습니다."

함장인 권해수와 부함장인 신중한 중령이 가벼운 농담을 주고받고 있을 때, 또다시 관측장교로부터 다급한 보고가 들어왔다.

"방향은?"

"제3호위대군의 기함의 움직임을 보면 독도를 타깃으로 움직이는 것 같습니다."

모항인 마이츠루에서 나와 열두 시 방향으로 움직이던 일본의 해상자위대 제3호위대군이 방향을 서쪽으로 틀어 독도를 향해 다가오고 있었다.

"역시 예상대로 일본이 우리의 뒤통수를 치기 위해 나온 것이 맞았군."

북한의 도발로 시작해 중국과도 전쟁을 치른 지 얼마 되지 않은 대한민국이었다.

다행히 별다른 피해 없이 북한을 복속시키고 또 오랜 염원이던 고토까지 회복했다.

그 과정에서 70년 넘게 비축한 전시 물자들이 소비가 되었다.

넓어진 국토와 국민들을 지키기 위해선 소비한 전시 물자는 물론이고, 보다 더 많은 물자들을 채워 놓아야만 했다.

그런데 그런 준비가 되지 않은 상태에서 일본이 뒤통수를 치기 위해 움직였다.

이는 믿고 있던 도끼에 발등을 찍히는 상황과도 같았다.

비록 일본과는 방위조약을 한 것은 아니지만, 미국을 사이에 두고 공산주의 국가들인 중국과 북한, 그리고 러시아를 견제하고 있었는데, 일본이 이렇게 뒤통수를 칠 줄은 아무도 예상하지 못했다.

그렇기에 일본에 대한 분노가 극심하게 달아오른 상태였다.

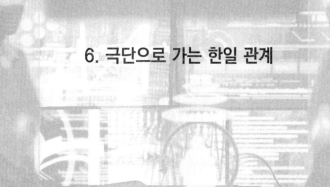

6. 극단으로 가는 한일 관계

세계 정치의 중심 미국 워싱턴 D.C 1번지, 흔히 백악관이라 부르는 세계 초강대국 미국의 대통령이 업무를 보는 곳이다.

겉으로는 평화로워 보이지만, 그 안에서 결정된 정책은 많은 사람의 생사를 좌우하는 것들이었다.

그런 백악관 대통령 집무실 안에는 지금 심각한 표정으로 관자놀이를 문지르며 인상을 찡그리고 있는 이가 있었다.

그의 정체는 미국의 대통령이 아닌 병가로 자리에서 물러난 존 바이드 대통령을 대신해 업무를 보고 있던 제레미 라이스 부통령이었다.

계속된 실책으로 인해 억지로 입원을 한 존 바이드 대통령을 대신한 그는 최근 한 가지 일로 골치가 아팠다.

"하, 이놈들은 또 왜 이러는 거야!"

CIA에서 올라온 보고서 한 장으로 인해 제레미 라이스 부통령은 그렇지 않아도 밀려드는 업무 때문에 정신이 없는데, 별다른 영양가도 없는 일 때문에 스트레스를 받고 있었다.

"이안, NSC 위원들을 소집해 줘!"

보고 있던 업무도 잠시 뒤로 미루고 급히 NSC 위원들을 소집했다.

NSC 위원을 소집했다는 말은 미국의 안보에 지대한 영향을 미치는 사건이 발생했다는 이야기였기에, 안보보좌관인 이안 맥그리거는 급히 대통령 집무실을 나가 NSC 위원들에게 소집 명령을 전달하였다.

NSC 소집 명령이 떨어지고 얼마 지나지 않아 위원들이 백악관으로 들어왔다.

＊　　　＊　　　＊

업무를 보다가 대통령이 NSC를 소집했다는 말에 급

히 달려온 밀라 모리스 국무 장관은 당황한 표정으로 제레미 라이스 부통령을 보며 물었다.

"무슨 일이기에 NSC를 소집한 겁니까? 혹시 중국이 또 한국과 전쟁이라도 벌인다고 합니까?"

현 상황에서 가장 가능성 있는 이야기였다.

하지만 밀라 모리스 국무 장관의 예상은 보기 좋게 빗나갔다.

그렇지만 아예 틀린 것도 아니었다.

그도 그럴 것이, 중국이 한국을 또다시 도발한 것이 아니라, 이번에는 미국의 동맹인 일본이 한국을 도발하려고 하고 있었다.

"아니, 이번에는 일본이야."

"일본이요? 그게 무슨 소리죠?"

밀라 모리스 국무 장관은 잠시 자신의 귀를 의심했다.

한국과 일본은 미국의 동맹이었다.

그런데 일본이 한국을 상대로 도발을 하려고 한다니, 순간적으로 이해할 수가 없었다.

"또 독도를 다케시마라고 주장하며 분란을 일으키는 것입니까?"

오래전부터 일본은 국내에 무슨 문제만 터지면 한국의 영토인 독도를 다케시마라고 부르며 영유권을 주장해 왔다.

물론 이런 일본의 주장은 말도 되지 않는 주장이다.

독도는 엄연히 한국의 섬이 맞았다.

다만, 일본이 경제가 발전을 하면서 차세대 에너지원을 확보하기 위한 차원에서 독도 해저에 묻힌 메탄 하이드레이트를 확보하기 위해 억지를 부리는 것이었다.

항간에는 독도 인근에 침몰한 러일전쟁 당시 러시아의 돈스코이호에 실린 전쟁 운용 자금 때문이란 소문이 있기는 했지만, 그 소문은 가짜로 판명이 났다.

사실 일본이 오래전부터 이렇게 독도를 자신의 땅이라 억지를 부리는 것은 모두 미국 때문이었다.

2차 세계대전이 끝나면서 미국과 일본이 협정서에 작성한 것은 맞지만, 한 번에 끝난 것이 아니었다.

3차에 걸쳐 협정서는 구체적으로 작성이 되었는데, 이때 한국의 섬인 독도가 지워진 것이었다.

그렇지만 일본인 중 독도(다케시마)가 어디에 붙어 있는지도 모르는 이가 태반이고, 일본의 정치인 중에서도 그 위치를 모르는 의원도 있을 지경이었다.

자신들의 고유 영토라면 당연히 그 위치를 알고 있어야 함에도 그렇지 못한 일본인들이 즐비한 가운데서도 일본 정부는 정치적 목적으로 독도를 자신들의 땅이라 우겼다.

미국 정부 또한 이런 일본과 한국의 관계를 이용하여 많은 이득을 취하기도 했다.

그렇기에 양국에 동맹 관계를 맺고 있으면서도 미국은 확실한 관계 정리를 하지 않았다.

그래야 두 나라에 팔아먹을 것이 많아지기 때문이다.

이런 관계를 알고 있는 밀라 모리스 국무 장관은 이번에도 일본이 독도 문제로 한국을 자극하고 있느냐 묻는 것이었다.

"이번에는 예전과 다르네."

"네?"

방금 전 제레미 라이스 부통령의 대답은 너무도 뜻밖이었다.

이번에는 다르다는 그의 말은 다시 말하면, 그저 정치적 쇼로 끝나는 것이 아니라 실질적으로 무력 충돌을 할 가능성이 높다는 소리였기 때문이다.

"설마 이대로 일본이 한국을 공격하기라도 한다는 말씀입니까?"

"CIA의 보고에는 그럴 가능성이 아주 높다고 나왔네."

대답을 하면서 CIA의 국장인 조나단을 쳐다보았다.

그러자 회의실에 있는 모든 NSC 위원들이 조나단 샌더슨 CIA 국장을 돌아보았다.

자신에게 모든 시선이 몰리자, 조나단 샌더슨은 조심스럽게 고개를 끄덕였다.

방금 전 제레미 라이스 부통령이 한 말이 맞음을 간접적으로 시인을 한 것이었다.

"한국과 일본은 우리에게 아주 중요한 동맹입니다. 그런데 그런 두 국가가 충돌을 한다면, 동북아 정책에 심각한 변수가 발생할 수 있습니다."

가만히 듣고만 있던 토니 블라터 국방 장관은 인상을 쓰며 말을 꺼냈다.

얼마 전 끝난 한국과 중국의 전쟁 때문에 얼마나 고생을 했던가.

존 바이드 대통령 때문에 주한 미군은 한미 수호조약까지 어겼다.

그 때문에 많은 미국의 동맹들에게 비난을 받았다.

또한 미국의 영향력은 전쟁 전과는 확연히 달라져 있었다.

그런데 이번에는 미국의 동맹인 한국과 일본이 전쟁을 벌일 판이니, 그의 입장에선 참으로 난감하지 않을 수가 없었다.

비록 한반도에서 미국의 위상이 떨어지긴 했지만, 그래도 치고 오르던 중국의 위상 또한 무참히 꺾였기에 수용할 수 있었다.

하지만 이번에는 아니었다.

자칫 한국과 일본의 충돌로 전쟁의 패전으로 수그러 든 중국이 또다시 도약할지도 모르기 때문이었다.

전쟁은 그만큼 주변에 영향을 미치기 때문에 토니 블라터 국방 장관으로서는 이를 신경 쓰지 않을 수가 없었다.

"그런데 일본이 한국의 상대가 될까?"

한창 토론을 하다 떠오른 생각에 제레미 라이스 부통령은 그렇게 질문을 던지고는 다른 위원들을 둘러보았다.

"응?"

제레미 라이스 부통령의 질문에 모두 눈을 동그랗게 뜨며 생각했다.

그러고 보니 뭔가 이상한 느낌을 받았다.

일본이 무슨 자신감으로 세계 군사력 순위 3위이던 중국과 전쟁을 벌여 승리를 한 한국에 도발하는 것인지 말이다.

자리에 모인 NSC 위원들은 하나같이 어떤 자신감에서 일본이 그런 선택을 한 것인지 궁리를 해 보았지만, 답을 찾을 수가 없었다.

하지만 뜻하는 않은 곳에서 답이 나왔다.

"아무래도 일본 정부가 누적된 적자를 감당하지 못해

막다른 길에서 최악의 선택을 한 것 같습니다."

조용히 이야기를 듣고만 있던 비서실장이 자신의 생각을 꺼냈다.

"그건 또 무슨 소리야? 적자가 누적이 되다니?"

제레미 라이스는 비서실장의 이야기에 의문 가득한 눈으로 그를 주시했다.

그러자 비서실장인 존 매이어가 대답을 했다.

"그동안 일본 정부는 일본의 국민들 모르게 회계장부를 조작하고 있었습니다."

"뭐요!"

일본 정부가 국민들 몰래 장부를 조작했다는 존 매이어 비서실장의 말에 이를 가만히 듣고 있던 NSC 위원들도 깜짝 놀라 소리쳤다.

아니, 기업도 아니고 정부가 국회 예산을 가지고 장부를 조작했다는 말에 깜짝 놀란 것이었다.

"어떻게 그게 가능한 거지?"

누구의 입에서 나온 것인지 알 수 없는 아주 작은 소리였지만, 실내에 있던 모든 사람이 들을 수 있었다.

'그래, 그게 어떻게 가능하지?'

정상적인 국가에서는 감히 일어날 수도 없는 불가능한 일이 벌어진 것이었다.

그러니 의문을 가지지 않을 수가 없었다.

"일본은 오래전부터 의석을 다수 차지하고 있는 자민당이 행정부를 꽉 잡고 있었습니다."

"으음……."

비서실장의 이야기를 들은 위원들은 잠시 머릿속에 일본 행정부 요인들을 떠올려 보았다.

그리고 깨달았다.

일본은 오랜 기간 자민당이 정권을 잡아 국정을 운영해 왔다는 것을.

그러다 보니 이들을 감시할 만한 어떤 것도 없었다.

겉으로는 자유민주주의를 표방하지만, 거의 일당 독재 체제나 마찬가지인 형태를 보이는 게 일본의 정치였다.

그러니 이런 황당한 일도 가능했을 것이란 판단이 서자, 제레미 라이스 부통령이나, NSC 위원들도 장부 조작이란 말이 이해가 갔다.

그리고 이런 장부 조작이 한두 해가 아니었을 것임을 떠올리자, 현 일본 정부가 무슨 생각으로 이런 일을 벌인 것인지 깨달았다.

'몰릴 때까지 몰리니, 이판사판이란 것이군.'

일본이 한국을 상대로 전쟁을 벌이려는 것이 겉으로는 불의 고리의 활성화로 계속된 자연재해로부터 국민을 보호하기 위한 안전한 영토를 확보하려는 것처럼 보이지만, 그 내면을 자세히 들여다보면 결국은 자신들의 범죄를 가리기 위한 술책에 불과한 것이었다.

참으로 어처구니없는 짓이 아닐 수 없었다.

국민을 올바른 길로 인도를 해야 할 위정자들이 장부를 조작하고, 자신들의 범죄가 들킬 것을 두려워해 인류 최악의 범죄인 전쟁을 하려고 하고 있었다.

"음, 그렇다면 우리는 어떤 선택을 하는 것이 옳겠나?"

제레미 라이스 부통령은 이번 일본의 이상행동의 내막을 알게 되었으니, 앞으로 어떻게 할지에 대해 물었다.

옳고 그름을 떠나, 자신들이 취할 행동에 대해서 말이다.

한국과 일본 모두 자신들 미국의 동맹이었다.

이번 일은 분명 일본이 잘못된 행동을 한 것이 맞았다.

그렇지만 그것이 미국이 한국의 편을 들어주어야 하는 명분은 되지 않는다.

어디까지나 이것은 한일 양국의 문제이고, 어느 편의 손을 잡을지는 자신들의 판단인 것이다.

물론 나중에 이런 자세한 사정이 외부에 알려졌을 때, 자신들이 일본의 손을 들어준 것이 도덕적으로 문제가 될 수도 있었다.

하지만 조국의 앞길에 이득이 된다면, 그것은 미국을 이끌어 가는 자신들이 조국에 애국하는 것이니 전혀 꺼릴 것이 없었다.

다만, 선뜻 판단을 내리지 못하는 것은, 아직까지 한국의 역량이 어느 정도인지 판단이 서지 않는다는 얘기이기도 했다.

＊　　　＊　　　＊

뉴욕 맨해튼에서 모습을 보인 이안 헌트는 워싱턴 D.C에 나타났다.

미국을, 아니, 세계를 움직이는 비밀조직의 일원으로서 매우 바쁜 삶을 사는 그였기에, 워싱턴에 온 것은 전혀 이상하지 않은 일이었다.

다만, 그가 만나려는 사람이 평범한 사람이 아니기에 무척이나 중요한 일임을 알 수 있었다.

"도착했습니다."

알링턴 국립묘지의 벤치에 앉아 있던 그의 뒤로 비서가 다가와 나직한 목소리로 보고를 하였다.

"데려와."

시선을 돌리지도 않은 채 이안 헌트가 짧게 대답을

하였다.

척!

작은 발자국 소리가 들리며 다시 걸음이 멀어졌다.

그리고 잠시 뒤, 다수의 발자국 소리가 들렸다.

"오랜만입니다. 미스터 헌트."

이안 헌트의 비서와 함께 온 사람은 현재 백악관의 주인인 제레미 라이스 부통령이었다.

"그렇군. 존의 일로 통화만 했지, 보는 것은 오랜만이군."

오랜만이라는 제레미 라이스 부통령의 말에 이안 헌트도 고개를 끄덕이며 대답을 하였다.

"그런데 건강은 좀 어떠십니까?"

오래전부터 알고 있던 사이인지, 두 사람의 대화는 무척이나 자연스러웠고, 상대의 안부를 물어볼 정도의 관계를 맺고 있는 듯 보였다.

"나야 아직 팔팔하지."

언뜻 보이기에 두 사람의 나이 차이가 그리 많이 차이나 보이지 않지만, 무려 5년이나 차이가 났다.

5년이면 별거 아닌 듯 보이지만, 70대 중반인 제레미 라이스 부통령의 나이를 생각하면 적다고 할 수 없었다.

"그런데 여기까진 어쩐 일이십니까?"

미국의 대통령 대행을 하고 있음에도 불구하고, 제레미 라이스는 이안 헌트를 대하는 것을 무척이나 조심하고 있었다.

"아아, 너무 긴장하지 말게."

자신을 대하는 제레미 라이스 부통령의 모습이 너무도 저자세다 보니 이안 헌트는 그러지 말라고 이야기했다.

하지만 그렇다고 편하게 하라는 등의 다른 말을 하진 않았다.

즉, 지금 제레미 라이스 부통령의 자세가 마음에 들었다는 것을 에둘러 이야기한 것에 지나지 않았다.

"존과 다르게 자넨 지금 잘하고 있어. 그러니 걱정하지 말고 국정을 이어 나가면 돼."

잘하고 있다는 칭찬을 하고는 계속해서 자신이 하고자 하는 이야기를 이어 갔다.

"지금 일본이 사고를 치려고 한다고?"

"음… 예. 그런 보고를 받았습니다. 그런데 어떻게 판단을 내려야 할지 조금 난감합니다."

제레미 라이스 부통령은 이안 헌트에게 일본과 한국의 일을 알고 있음을 털어놓았고, 현재 자신들이 취해야 할 포지션을 두고 갈피를 잡지 못하고 있음을 실토했다.

NSC 회의까지 진행을 했음에도 불구하고 결정을 내리지 못한 것은 전적으로 군수 복합 집단과 일본과의 관계 때문이었다.

일본은 미국으로부터 천문학적인 금액으로 무기를 구매해 가는 수입국이었다.

물론 한국 또한 미국의 오랜 구매자이기는 하지만, 일본과는 그 규모면에서 차이가 있었다.

그러다 보니 한국과 일본, 두 나라와 연관된 문제에서 일본을 좀 더 우선시하는 것이 사실이었다.

하지만 최근 조금 다르게 흐르고 있었다.

군수 복합 집단의 경우, 여전히 일본을 우선으로 하고 있지만, 군에서는 일본보단 한국을 우선으로 하는 분위기라 여간 골치가 아프지 않을 수가 없었다.

그렇지만 군이 그러한 행보를 하는 것은 당연했다.

날로 줄어드는 예산으로 인해 미군은 심각한 자금난에 시달리고 있었다.

군은 생산을 하는 집단이 아니라 100% 소비를 하는 집단이었다.

그런데 국회는 날로 국방 예산을 줄이고 있고, 미군의 작전 지역은 계속해서 커져만 갔다.

아니, 전 세계를 작전구역으로 하는 미군이기에 커졌다 보단, 예전에는 그냥 러시아(소련)와 공산주의 국가만 상대하면 되었는데, 소련이 붕괴되고 냉전이 끝났지만 새로운 적이 나타나 장소를 가리지 않고 테러를 일으키면서 미군은 테러와의 전쟁이 시작되었다.

그러다 보니 여기저기 흩어진 테러 조직을 소탕하기 위한 전쟁, 그리고 그들에게 무기를 공급하는 불량 국가들을 상대하기 위해 미군은 막대한 예산을 소비하고 있었다.

그런데 군용 장비라 해서 그냥 돌아가는 것이 아니었다.

자동차도 기름을 채우고, 진흙이 묻으면 세차를 하고 또 오래 사용을 했으면 부품도 갈아 주고, 오일도 갈아 줘야 오래 사용할 수 있는 것처럼, 군용 물자도 운용 유지를 위해 많은 돈이 들어간다.

또한 미국이 현재의 위치를 이어 가기 위해선 보다 선진화된 첨단 무기들을 갖춰야 하는데, 의회는 이러한 예산을 삭감하고 있는 게 현실이었다.

경제가 어렵다는 이유로 가장 우선적으로 군의 예산을 삭감하고 있기에, 군은 자국의 군수 업체들에게서 무기와 장비들을 구매할 수가 없게 되었다.

성능이 우수하고 믿을 수 있는 자국산 무기와 장비는 너무도 비싼 명품이었기에, 삭감된 예산으로는 필요한 수량의 장비를 모두 구매할 수가 없게 되었다.

그러다 보니 펜타곤은 FCT(해외비교시험)를 통해 동맹국의 우수한 장비를 시험, 평가하여 기준에 맞다고 판단이 되면 구매를 하여 미군에 보급하였다.

그런데 최근 이런 무기류들 중 상당수가 한국산으로, 이를 운용하는 병사들과 지휘관들에게 상당한 호평을 받고 있었다.

그런 이유 때문에 최근 한국에 대한 선호가 높아졌다.

또한 일본으로 인해 이러한 우수한 장비들이 미군에 보급되지 않게 된다면, 미군 또한 심각한 상황에 처할 수도 있기에 NSC 위원들도 쉽게 판단을 내리지 못한 것이었다.

"그런 이유라면, 한국의 손을 들어주는 것이 우리에게 좀 더 이득이라 할 수 있겠군."

이안 헌트는 이야기를 듣고는 그렇게 자신의 생각을 드러냈다.

"그렇게 되면 군수 복합체들이 가만있지 않을 것입니다."

제레미 라이스 부통령의 고민은 바로 이것이었다.

국가적으로 보면 한국의 손을 들어주는 것이 맞았지만, 미국의 정치가 군수 복합체들과 뗄 수 없는 유착 관계다 보니 문제였다.

"그건 내가 막아 줄 테니, 생각한 대로 행동해. 아니, 일본의 행동은 막는 척만 하고, 한국에는 일본의 행동을 넌지시 알려 줘. 물론 이미 알고 있겠지만 말이야……."

이안 헌트는 무슨 생각을 하는 것인지, 자신이 반발할 군수 복합체를 막아 줄 테니, 한국에 정보를 흘리라고 하였다.

또 일본에는 한국에 도발을 하지 못하게 막으라는 것도 아니고, 막는 척만 하라고 하니 그 뜻을 알 수가 없었다.

하지만 조직의 2인자인 이안 헌트의 말이었기에 제레미 라이스로서는 거부할 수가 없었다.

*   *   *

윌리엄 히거티 주일 대사는 굳은 표정으로 일본 총리실을 찾았다.

그가 이곳 일본 총리실 찾은 이유는 다름 아닌 백악관의 명령 때문이었다.

현재 일본이 벌이려는 일을 막으라는 것.

그런데 이상한 점은 너무 적극적으로 막을 필요는 없다는 내용이었다.

참으로 이상한 명령문이 아닐 수 없었다.

지금 일본인들은 무슨 광기에 씐 사람마냥 이상할 정도로 한국에 집착을 하고 있었다.

다만, 그것이 좋은 쪽이 아닌 부정적인 쪽이라는 점이었다.

"하하, 이거 업무 때문에 대사님이 오신 것도 잊고 있었습니다."

뒤늦게 면담을 하게 되자, 나카소네 총리는 얼른 윌리엄 히거티 대사를 보며 사과를 하였다.

한 국가의 총리로서 보이기에는 너무도 비굴한 모습이었지만, 미국만이 일본을 지켜 줄 수 있다고 생각을 하고 있기에 나오는 자연스러운 비굴함이었다.

이런 일본인의 습성을 알기에 미국은 때가 되면 매번 이런 일본인들의 습성을 이용해 바가지를 씌우고 있었다.

"그런데 어쩐 일로?"

비굴한 모습을 보이던 나카소네 총리는 조심스럽게 윌리엄 히거티 주일 대사를 보며 물었다.

"흠흠, 요즘 일본의 자위대 훈련이 잦다고 하던데, 그 훈련 내용이 상당히 거슬립니다."

정확한 대답은 아니었지만 윌리엄 히거티 대사가 하는 말이 무슨 뜻을 품고서 그런 이야기를 하는 것인지,

오랜 정치인으로 총리의 위치에 오른 나카소네가 못 알아들을 리가 없었다.

"음, 그건 그저 해상자위대와 항공자위대의 평상적인 훈련입니다."

나카소네 총리는 조심스럽게 일상적인 자위대의 훈련임을 강조했다.

그러지만 CIA로부터 정보를 입수하였기에 윌리엄 대사는 조금 더 강하게 언급을 했다.

"CIA의 보고는 그게 아니라고 하던데 말입니다."

"음……."

"우리 허심탄회하게 이야기를 해 봅시다."

윌리엄 히거티 대사는 표정을 바꿔 엄중한 표정으로 이야기를 시작했다.

"일본도 우리 미국의 동맹이지만, 한국 또한 우리에게는 아주 중요한 동맹입니다. 일본이 러시아의 태평양 진출을 막는 파트너라면, 한국은 중국의 태평양 진출을 막는 중추적인 역할을 하는 나라라 할 수 있습니다. 또 유사시 러시아의 뒤를 잡을 수도 있고 말입니다."

굳은 표정을 펴지 않은 윌리엄 대사는 계속해서 이야기를 하며 나카소네 일본 총리를 압박했다.

그런 윌리엄 대사의 압박에 급기야 관료 회의에서 나온 북한이 보유하고 있던 핵을 언급했다.

핵이라면 지금 자신을 압박해 대는 윌리엄 대사의 기세를 충분히 누그러뜨릴 수 있다고 판단했기 때문이다.

이는 막료 회의에서도 언급이 된 것이기에 충분히 가능하리라 판단했다.

"하지만 한반도는 오래전 비핵화 선언을 했지 않습니까? 하지만 현재 한국은 북한을 통합하는 과정에서 습득한 핵무기를 해체하지 않고 있습니다. 이는 우리 일본에 큰 위협이 아닐 수 없습니다."

일견 어느 정도 말이 되는 듯 보이지만, 엄밀히 따져 보면 이는 말도 되지 않는 억지에 불과했다.

대한민국은 건국한 이래 한 번도 먼저 전쟁을 벌인 적이 없었다.

최근에 합의한 중국과의 전쟁도 중국이 먼저 한국이 통일을 한 한반도에 불법적으로 점거를 했기에 벌어진 전쟁이었다.

물론 그 과정에서 북한이 그동안 개발한 핵무기를 습득을 했는데, 이를 처리하는 문제에 관해서는 이견이 많았다.

한국이 개발한 것이 아니라 북한이 개발하던 것을 습득한 것이니 보유하는데 상관없지 않느냐는 편과, 핵무기는 결과적으로 인류의 파멸을 불러온다는 관점에서 핵무기를 보유한 나라가 늘어나는 것을 꺼려하는 진영에선 약속대로 비핵화 선언을 했던 것을 지키라는 편으로 갈려 대립을 하고 있었다.

다만, 한국이 핵무기를 보유한 것에 대해 한반도 주변에 있는 나라 중 유일하게 일본만이 반대를 하고 있었다.

전쟁을 한 중국이나, 친한 행보를 보이고 있는 러시아의 경우 오히려 별다른 반대 의견이 나오지 않고 있었다.

참으로 아이러니한 일이 아닐 수 없었다.

그리고 한반도 상황에 그동안 긴밀하게 움직이던 미국의 경우, 이도저도 아닌 관망하는 상태로 핵무기 해체 쪽에 조금 우세한 형국이었다.

즉, 그동안 한국과 동맹 내지는 협력 관계에 있던 미국과 일본은 한국이 핵무기를 보유하는데 부정적인 것에 반해, 러시아나 중국은 오히려 긍정적이란 것이 아이러니였다.

아무튼 일본의 총리인 나카소네는 한국이 핵무기를 보유하는 것에 위협을 느끼고 군사적 행동을 계속해서 하겠다는 입장을 밝혔다.

그런 나카소네 총리의 발언에 윌리엄 히거티 대사는 굳은 표정을 하며 조용히 그의 얼굴을 쳐다보았다.

'이 정도면 내 할 일은 다한 것 같군.'

자신이 무슨 말을 해도 나카소네 총리가 자신의 뜻을 굽히려 하지 않을 것을 느낀 윌리엄 히거티 대사는 속으로 그렇게 되풀이했다.

"그러면 계속해서 한국을 도발하고 전쟁을 불사하겠다는 것입니까?"

윌리엄 히거티 대사는 마지막으로 단도직입적으로 물었다.

그런 윌리엄 대사의 질문에 나카소네 총리는 조금 전과는 전혀 다른 표정으로 대답했다.

"우리는 우리의 안전을 위협하는 나라와는 함께할 수 없습니다."

두루뭉술하게 대답을 하기는 했지만, 그 내용은 전쟁도 불사하겠다는 내용이었다.

"정 그렇다면 우리 미국은 더 이상 이 일에 관여하지 않을 것이오."

미국은 이번 일본이 짓을 하던 상관하지 않겠다는 대답을 했다.

'뭐, 미국이 나서지 않는 것만으로도 충분해.'

나카소네 총리는 윌리엄 대사의 관여하지 않겠다는 대답에 속으로 웃었다.

이 정도면 자신들의 의도대로 된 것이라 생각하면서.

*　　　　*　　　　*

월리엄 히거티 주일 대사가 나카소네 일본 총리를 만나고 총리실을 나오는 그 시각, 주한 미국 대사 크리스토퍼 코넬은 급히 청와대를 방문했다.

"이 늦은 시각에 크리스토퍼 대사께서 어인 일입니까?"

정동영 대통령은 저녁 시간이 다 된 시간에 청와대를 방문한 크리스토퍼 코넬 대사를 보며 물었다.

"대통령님 무척이나 중요한 일이 있어 이를 알려 드리기 위해 찾아왔습니다."

크리스토퍼 코넬은 중요한 정보를 알려 주기 위해 다급히 이야기를 시작했다.

"아니, 무슨 중요한 일이 있기에… 저녁을 하지 않으셨다면 함께하시지 않겠습니까?"

보통은 사전에 약속을 해야만 대통령과 식사를 할 수 있었지만, 지금 정동영 대통령은 파격적으로 사전 약속도 없이 찾아온 크리스토퍼 대사에게 식사를 하자고 제안을 했다.

"그래도 실례가 되지 않겠습니까?"

"저녁을 함께하는 것뿐인데 실례라니요. 대사께서 여기까지 왔다는 것은 우리 대한민국에 무척이나 중요한 사항이 있다는 것인데, 그 정도야…….”

별거 아니란 듯 대답을 하고 있지만, 사실 이것은 그동안의 미국의 행동을 돌려 까는 것이었다.

한국의 안보에 관해 중요한 정보를 취득했으면서도 언제나 대한민국은 몇 순번 뒤로 밀려나 있어야만 했다.

그런데 대한민국이 잘나가자 그동안 보이던 행보와는 전혀 다른 모습을 보이고 있어 이를 간접적으로 언급한 것이었다.

그렇지만 정치란 것이 알면서도 모르는 척을 해야 할 때가 있고, 또 모르면서도 아는 척을 해야 할 때도 있는 것이다.

그리고 지금은 알면서도 모르는 척을 해야 할 때였다.

“그럼 초대해 주셔서 감사합니다.”

정동영 대통령과 크리스터퍼 대사는 자리를 옮겨 식당으로 향했다.

이미 두 사람의 식사가 주방에 전해졌기에 식사는 따로 준비가 되었다.

덜그럭!

저녁을 먹으며 가볍게 이야기가 오고 갔다.

그리고 어느 정도 분위기가 무르익자 크리스토퍼 대

사가 먼저 이야기를 꺼냈다.

"요즘 일본 자위대의 훈련이 잦지 않습니까?"

"예. 보고를 받았습니다."

일본 자위대의 움직임에 대해 언급을 하자, 정동영 대통령은 포커페이스를 하고는 별다른 반응 없이 대답을 했다.

그런 정동영 대통령을 보며 크리스토퍼 대사는 계속해서 이야기를 이어 갔다.

"아무래도 일본이 한국을 상대로 무력 도발을 하려는 것 같습니다."

이미 주일 대사가 총리와 이야기를 한 뒤였음에도 전쟁이란 단어가 아닌 무력 도발이란 한 단계 낮은 단어를 순화하여 말했다.

하지만 이미 일본의 움직임은 진즉에 알고 있던 정동영 대통령이었기에, 그 말에 별다른 표정의 변화도 없었다.

다만, 강력한 경고를 날렸다.

"만약 그런 일이 벌어진다면, 일본은 단단히 각오를 해야 할 것입니다."

"하하, 그렇지요. 일본이 강력하다 하지만, 대한민국은 세계 3위인 중국을 상대로 승전을 한 나라이지 않습니까? 하하하."

뜻밖의 강력한 발언에 크리스토퍼 대사는 순간 당황해 너스레를 떨었다.

그동안 크리스터퍼 대사가 경험한 한국인은 이렇게 외향적이지 않았다.

물론 그렇다고 해서 그들이 약하다는 것은 아니었다.

다만, 은인자중하는 모습을 보여 주던 한국인들과 다르게, 지금 보고 있는 정동영 대통령은 무척이나 강한 카리스마를 보여 주고 있기에 적응하는 것이 쉽지 않았다.

"아무튼 이런 정보를 알려 주시다니, 한국과 미국의 동맹은 역시나 끈끈합니다."

정동영 대통령은 뒤늦게 일본의 정보를 알려 준 미국이지만, 예전과는 다른 모습이었기에 담담하면서도 고맙다는 말을 전했다.

저녁 식사가 끝나고 크리스토퍼 대사는 문득 떠오른 사안이 하나 있었다.

이에 조심스럽게 물어보았다.

"그런데 북한이 개발한 핵무기는 어떻게 하실 계획이십니까?"

정말로 지나가는 투로 궁금해서 물어보는 듯한 뉘앙스로 말했다.

하지만 이 말을 들은 정동영 대통령은 올 것이 왔다

는 생각에 한국 정부가 북한의 핵무기를 어떻게 처리할 것인지 들려주었다.

이는 그저 단순한 말이 아니라 한 나라의 대통령의 말이기에 정부의 답변이라 할 수 있었다.

"북한에서 보유하고 있던 핵무기의 숫자는 전략, 전술 핵무기 모두 합쳐 158기였는데, 우리 대한민국은 이 중 전략핵무기로 분류되는 1,000kt급 열 기를 남기고 전량 폐기할 것입니다."

정동영 대통령은 전략 핵무기 열 기를 남기고, 나머지 148기의 전략, 전술 핵폭탄을 모두 폐기하겠다는 충격적인 이야기를 전했다.

인간의 욕심은 그 한계가 없다고 아는데, 무슨 이유에서인지 그는 UN의 제재도 없는 상황임에도 불구하고 148기의 핵무기를 모두 폐기하려는 건지 그 의도는 알 수 없지만 참으로 충격적인 얘기가 아닐 수 없었다.

물론 남은 열 기의 핵무기도 모두 폐기를 했으면 좋았겠지만, 솔직히 한반도를 둘러싼 주변국들이 일본을 빼고 모두 핵무기를 보유하고 있는 나라다 보니, 한국의 입장에선 핵무기를 모두 폐기하기란 쉽지 않았을 것이다.

가지고 있기만 해도 안전을 보장받는 것이나 다름이 없는 현존하는 무기 체계 중 가장 상위에 있는 것이 바로 핵폭탄이지 않은가.

"우리가 모든 핵무기를 폐기하지 않고 열 기의 핵무기를 남겨 둔 것은 모두 미국과 EU 때문이니, 이는 더 이상 거론하지 않았으면 합니다."

이야기의 말미에 정동영 대통령은 굳은 의지를 담아 대한민국이 북한으로부터 확보한 모든 핵무기를 폐기하지 않는 이유에 대해 언급했다.

하지만 이런 정동영 대통령의 이야기에 크리스토퍼 대사는 아무런 대답도 하지 못했다.

그도 그럴 것이, 방금 전 언급한 말처럼 미국은 이 문제에 대해 자유롭지 못하기 때문이었다.

소련이 붕괴하고 독립 국가 연합으로 연방이 이합집산을 할 때, EU와 미국은 독립하는 우크라이나에게 약속을 했다.

독립을 하면서 속지주의 원칙으로 보유하게 된 핵무기를 포기하는 대신, 경제 발전에 도움을 주고 혹시 모를 외부의 안보 위협으로부터 지켜 주겠다 다짐을 했다.

그 약속을 믿고 우크라이나는 보유하게 된 핵무기를 모두 러시아로 이관했지만, 그 약속은 지켜지지 않았다.

적극적으로 러시아의 위협으로부터 지켜 주겠다던 약

속은 러시아가 우크라이나를 침공했음에도 불구하고, 경제적인 제재만 발의했을 뿐 직접적인 도움을 주진 않았다.

그로 인해 우크라이나는 러시아에 흑해 일대의 영토를 상당 부분 빼앗겨 버렸다.

"잘 알겠습니다."

정동영 대통령의 답변을 들은 크리스토퍼 대사는 그렇게 대답을 하고는 청와대를 떠났다.

청와대를 떠나는 그의 입가에는 미소가 걸렸다.

그도 그럴 것이, 그가 청와대를 찾은 목적을 모두 이루었기 때문이다.

7. 시작된 전쟁

주일 미국 대사인 윌리엄 히거티가 떠났다.

그가 떠난 뒤, 나카소네 총리는 입가에 만연한 미소를 지었다.

그도 그럴 것이, 자신이 언급한 핵이 미국 대사인 윌리엄 히거티에게 먹혔다 생각을 하니, 저 가슴 깊은 곳에서부터 무언가 짜릿한 느낌이 그의 온몸을 휩쓸었기 때문이다.

'됐어.'

일본의 총리 나카소네는 그토록 원하던 한반도 정벌이 통과가 되었다고 생각을 하니, 기쁜 마음을 주체할 수 없었다.

분명 윌리엄 히거티 대사는 한국과의 충돌을 막으려했지만, 나카소네 총리는 그것을 형식적인 요식행위로만 생각했다.

그가 그렇게 생각하는 이유는 다른 때 같으면 미국이이렇게 순순히 물러나지 않고 강경하게 일본을 막는 것은 물론이고, 말을 듣지 않았을 때는 제재도 감행하려했을 테지만, 이번만은 그러지 않고 한발 뒤로 물러났다.

그 말은 다르게 판단을 하면, 자신이 거론한 북한의핵이 미국의 입장에서도 껄끄러웠다는 게 분명했다.

미국은 일본만큼이나 다른 나라가 핵무기를 보유하는것에 민감하게 반응을 했다.

이는 동맹이건 그렇지 않은 나라건 상관이 없었다.

미국은 핵무기를 보유하려는 나라들을 모두 미국의잠재적 적국으로 분류를 하기 때문이었다.

아무튼 미국이 핵 문제로 한국과의 마찰을 방관하는것을 보면, 충분히 자신들이 이루려는 일을 두고 볼 것이 분명했다.

그러니 중국과의 전쟁으로 아직 정비가 되지 않은 지금, 한국을 기습 공격하여 이른 시간에 전쟁을 마무리한다면, 자신들에게 충분히 승산이 있었다.

또한 북한 지역 일부를 점령하고 그곳에 있을 북한의 핵만 자신들의 수중에 넣게 된다면, 자신들은 핵무기 보유국이 될 것이었다.

그렇게 된다면 더 이상 미국의 눈치를 보지 않아도 자주국방을 이룰 수 있을 게 분명했다.

아무리 첨단 무기를 다수 보유한다고 해도 핵무기만 한 확실한 카드가 없었다.

"도조, 시작해!"

내선을 이용해 방위성 장관이 도조 다이스케와 통화를 한 나카소네 총리는 내각회의를 통해 수립한 작전을 시작하란 지시를 내렸다.

*   *   *

아침 아홉 시.

업무를 시작하려던 제레미 라이스 부통령은 책상의 가장 위에 놓인 보고서를 집어 들었다.

[Top Secret.]

'뭔데 일급비밀이라는 거야?'

업무 시작부터 일급비밀 문서를 보게 된 제레미 라이스 부통령은 미간을 찌푸리며 그것을 살펴보았다.

그리고 그 서류를 읽은 제레미 라이스 부통령은 올

것이 왔다는 표정이 되었다.

'역시나 이렇게 되는군.'

어제 오후 늦은 시각, 이안 힌트와 만남을 가진 뒤 이런 일이 벌어질 줄 예상을 하였다.

그리고 불과 열 시간도 되지 않아 예상한 일이 이곳의 반대편에 있는 극동 아시아에서 벌어졌다.

스륵.

들고 있던 서류를 내려놓은 제레미 라이스는 급히 안보 보좌관을 불렀다.

그리고는 NSC 회의를 소집했다.

"이안, NSC 소집해."

NSC 회의를 소집한 제레미 라이스 부통령은 밤새 쌓인 서류를 처리했다.

*　　　*　　　*

주한 미국 대사인 크리스토퍼 코넬이 돌아가고, 정동영 대통령은 한동안 자리에 앉아 고심을 했다.

이미 예상하고 있던 이야기지만, 미국 대사의 입으로 그런 이야기를 듣다 보니 만감이 교차했다.

어떻게 보면 한국과 일본의 문제에 미국은 방관을 하겠다는 말이나 마찬가지였기 때문이다.

이로 인해 수많은 사상자들이 한국과 일본인에 발생할 수도 있었지만, 미국은 그런 건 아랑곳하지 않고 동북아시아의 균형을 위해 조용히 방관하며 결과가 나왔을 때 중재자로서의 포지션을 가지겠다고 선언을 했다.

그런데 정동영 대통령의 입장에선 그 말이 꼭 싫지 않았다.

이미 일본이 대한민국을 상대로 전쟁을 준비하고 있다는 정보를 취득한 상황.

그리고 이에 대해 만반의 준비를 한 상태였다.

그러니 미국이 알아서 빠져 주겠다고 한 지금, 오래전 일본에 당한 것에 대한 복수를 할 수 있는 기회가 찾아온 것이었다.

하지만 그런 마음 한편으론 많은 희생자가 나올 것에 대한 걱정이 들었다.

"무슨 고민이 있으십니까?"

언제 다가왔는지 비서실장이 곁으로 다가와 말을 걸었다.

"아닐세. 그보단 크리스토퍼 대사는 잘 갔나?"

면담을 마치고 저녁까지 먹고 나간 크리스토퍼 코넬 대사에 대해 물었다.

"예, 무언가 만족한 표정을 하고 돌아갔습니다."

"그렇겠지. 그들은 말로는 세계의 평화를 부르짖지

만, 정작 그들이 원하는 것은 미국의 국익과 패권의 유지이니……."

[북한이 개발했던 핵은 어떻게 처리하실 생각입니까?]

독대 말미에 크리스토퍼 코넬 대사가 꺼낸 그 질문을 받았을 때, 정동영은 깜짝 놀랐다.

그가 놀란 이유는 바로 이 말 또한 이전에 미국이 이렇게 나올 것임을 들었기 때문이다.

중국의 사주를 받은 북한이 무력 도발을 할 것이니 미리 대비를 하고, 이 기회를 통해 북진을 하여 한반도의 통일을 이룩한 것은 물론이고, 중국이 이를 빌미로 분명 북부전구의 일부 병력을 북한 땅으로 집어넣을 것이니, 국군은 이를 통해 잃어버린 산둥반도와 동북 3성 등 한민족의 고토를 회복하자던 SH 그룹의 정수호 회장의 말이 계속해서 떠올랐다.

그런데 정수호 회장의 계획은 그것만이 아니었다.

한국과 중국이 전쟁을 끝마치면, 그 결과와 상관없이 일본이 북한 지역 혹은 동북 3성의 일부를 노리고 기습 도발을 할지도 모른다는 이야기를 했다.

이야기를 듣던 당시만 해도 그건 너무 나갔다고 생각을 했다.

그도 그럴 것이, 일본은 한국과 직접적인 동맹은 아니더라도 중국과 북한, 그리고 러시아를 견제하기 위한 한미일 삼국 동맹을 이루는 나라였기 때문이다.

또한 일본은 지금은 덜하지만, 공산주의에 대한 적대감은 한국 이상이었다.

그런 일본이 전쟁 후 정신이 없는 대한민국의 뒤통수를 치진 않을 것이라 판단했다.

그런데 지금에 와서 생각해 보니 당시 정수호 회장의 예상이 하나도 빗나가지 않고 들어맞고 있었다.

'이렇게 되면 중국과의 전쟁에서 미사일의 소비를 최소한으로 한 것이 천만다행이 아닌가.'

혹시나 하는 심정으로 대한민국 국군은 중국과의 전쟁에서 최대한 미사일 전력은 아꼈다.

넓어질 국토를 지키기 위해선 전력을 최대한 아껴야 했기에, 전쟁 전에 작전을 그렇게 짰다.

'역시 일본은 믿을 만한 나라가 아니야.'

한미일 삼국동맹을 맺고 중국, 북한, 러시아의 태평양 진출을 막는 안보 체계를 구축했지만, 수시로 독도를 문제로 영토 분쟁을 일으키는 일본을 두고 한국은 언제나 불안했다.

군대가 없는 일본을 상대로 이상하게 생각하는 사람들도 많지만, 이는 일본의 비정상적인 전력을 알지 못하기에 그런 생각을 하는 것이었다.

일본이 평화 헌법 때문에 군대를 보유하고 있진 않지만, 일본은 자경대라 할 수 있는 자위대를 가지고 있었다.

그런데 이것이 말만 자경대이지, 사실 그 전력은 웬만한 국가의 전력을 능가하고 있어서 세계 군사력 조사 기관에서도 일본의 군사력을 세계 5위에 놓고 있지 않은가.

이것만 봐도 일본은 믿을 수가 없다.

다만, 북한 때문에 대한민국은 어쩔 수 없이 미국의 중재로 삼국동맹을 하고 있을 뿐이었다.

'그럼 이번에도 정수호 회장의 계획대로 되는 것인가?'

정동영 대통령은 이번에도 빗나가지 않은 정수호 회장의 예언을 떠올리며 저도 모르게 입가에 미소를 지었다.

정수호 회장이 세운 계획대로만 일이 진행된다면 대한민국은 이번 일본과의 전쟁이 끝난 뒤, 세계 최강인 미국도 더 이상 함부로 할 수 없는 나라가 될 것이기 때문이다.

다만, 이번 일본과의 전쟁에서는 어쩌면 생각지도 못한 피해가 나올 수도 있었다.

첨단 무기로 무장을 하고 있다고는 하지만, 전쟁은 어떤 변수가 발생해도 이상하지 않았으니까.

객관적으로 일본의 전력과 비교를 해서 대한민국이 우세한 것은 육상 전력과 해병대뿐이었다.

많이 따라왔다고는 하지만, 해상 전력에서는 아직도 일본의 해상자위대의 질이나, 수량이 훨씬 우세했다.

그리고 공군 전력의 경우, 일본이 배는 더 우세해서 전면전이 벌어진다면 솔직히 한국이 불리했다.

다만, 일본에는 없는 우주군이 변수로 작용을 할 것으로 보였다.

또한 대지를 직접적으로 타격할 수 있는 수단이 많지 않은 일본과 다르게 대한민국은 미사일 전력에서 일본을 압도했다.

그러니 전면전이 벌어지면 누가 더 우세할지는 알 수 없었다.

다만, 군사 전문가들은 한국이 좀 더 유리할 것이라 판단하고 있었다.

그 근거는 바로 한국이 보유한 수천 발의 지대지미사일 때문이다.

그렇지만 그것이 한국이 완벽한 승리를 말하는 것은 아니었다.

오히려 한국과 일본이 전면전을 벌이면, 양국 모두

초토화가 될 것이란 견해를 비치고 있다.

한국과 일본 모두 잃는 것만 있는, 그야말로 얻는 것 없이 손해만 가득한 전쟁이 바로 한일 전쟁인 것이다.

그런데 여기서 중요한 것은 한국 정부는 이러한 사실을 잘 알고 있는 반면, 일본의 관료나 정치인들은 모른다는 것이었다.

아니, 몇 명은 알고 있으면서도 정치생명이 끝장날 것을 두려워해 모른 척할 뿐이었다.

다만, 이런 비교도 SH 그룹이 본격적으로 활동하기 전의 평가였다.

수호가 외계인(푸르그슈탈)의 도움으로 극적인 생환을 한 뒤, 걸어온 행보를 돌아보면 대한민국의 국방력 향상에 지대한 영향을 미쳤다.

대한민국 주력 자주포인 K—9과 K—55의 성능 향상을 위해 화약 주머니를 개량해 주었다.

포 발사 후 약실이 달아오른 상태에서 연속 발사를 할 때, 자칫 화약에 불이 붙어 폭발하는 것을 차단하는 내화성 물질로 화약 주머니를 코팅해 자주포의 성능을 향상시켰다.

또 SH화학을 설립하고 개발한 신제품들을 군에 납품하면서 군의 전투력을 끊임없이 올라갔다.

물론 아무리 장비가 우수해도 그것을 운용할 사람이

부족하다면 전쟁을 이길 수 없다.

그런 관계로 수호가 개발한 방탄 스프레이와 방탄복은 대한민국 육군의 전투력 향상에 지대한 공헌을 했다.

뿐만 아니라 그 뒤로 지금은 SH인더스트리로 통합된 SH중공업이나, SH해양조선 등에서 건조한 최신형 초장거리 견인포와 군함, 그리고 잠수함은 이번 한중 전쟁에서 혁혁한 전과를 올렸다.

비록 극비 전력이기에 외부에 공개를 하진 않았지만, 이를 알고 있는 관계자들은 SH 그룹에서 개발한 무기류들의 위력을 여실히 절감했다.

정동영 대통령은 이런 전례가 있으니, 앞으로 닥칠 일본과의 전쟁에서도 중국과의 전쟁에서 보여 준 위력을 유감없이 발휘해 줄 것이라 믿어 의심치 않았다.

"비서실장, 각 군에 연락을 넣어 비상사태를 선포하고, 일본의 움직임에 예의 주시하라 하세요. 혹시나 도발이 있다면, 선 조치 후 보고하라고 하시고요."

결심을 한 것인지 정동영 대통령은 강경하게 지시를 내렸다.

"알겠습니다."

대통령의 명령을 받은 비서실장은 바로 대답을 하고는 집무실 밖으로 나갔다.

　　　　*　　　　　*　　　　　*

　위잉! 위잉!

　마스트에 걸린 스피커에서 요란한 사이렌이 울렸다.

　"함선에 있는 장병들에게 알린다. 이 시간 이후로 새로운 명령이 내려오기 전까지 전 장병은 전투태세로 들어간다."

　해모수함의 권해수 대령은 결연한 표정으로 수화기를 들어 장병들에게 연설했다.

　그리고 이러한 모습은 비단 해모수함에서만 그러는 것이 아니라 대한민국 해군 전체에서 벌어지고 있었다.

　이는 동해를 책임지고 있는 1함대뿐만이 아니라 남해를 주무대로 하는 3함대, 이제는 내해나 다름이 없는 황해를 작전구역으로 하는 2함대 또한 마찬가지였다.

　언제 어느 때, 일본의 해상자위대가 무력 도발을 해올지 모르는 상황이기에 그랬다.

　또한 해군이 이렇게 일본의 도발에 대비하고 있을 때, 대한민국 공군 또한 만반의 준비를 하고 있었다.

　　　　*　　　　　*　　　　　*

쿠구구구!

휘이잉!

빅윙 737을 베이스로 만들어진 737 AEW&C 조기 경보기가 활주로를 달려 하늘로 올라갔다.

전장 33m, 전고 12.5m, 전폭 34.3m, 최대 이륙 중량 77,564kg에 적재 중량 19.83t, 최대 시속 853km인 피스아이(E—737 AEW&C) 세 기는 빠른 속도로 한반도의 동쪽과 남쪽을 향해 날아갔다.

이는 일본의 해상자위대는 물론이고, 항공자위대의 전투기 및 전술 지원기를 감시하기 위해 발진한 것이었다.

주한 미국 대사의 경고까지 있었기에 대한민국 국군은 한 치의 망설임도 없이 전군에 비상을 걸고 일본 자위대를 감시하기 위해 만반의 준비를 하는 중이었다.

＊　　　　＊　　　　＊

그런데 전군에 비상이 걸렸지만, 전투 태세로 들어간 해군과 공군과는 다르게 조금은 다른 모습을 보여 주고 있는 곳이 있었다.

그곳은 바로 육군으로, 사실상 이들은 일본의 도발에서 어느 정도 빗겨 나 있었기 때문이다.

막말로 육상 전력에서 대한민국과 일본은 규모 차이만 해도 거의 여섯 배에 달할 정도로 차이가 났으며, 보유한 장비 또한 일본 육상자위대는 한국 육군의 비교 대상이 될 수 없었다.

더욱이 대한민국 육군은 얼마 전 세계 군사력 순위 삼 위이던 중국 인민 해방군과 전투를 하여 일방적으로 승전을 하였다.

그러니 겨우 6만도 되지 않는 일본의 육상자위대 정도는 전투가 시작되자마자 지워 버릴 수 있을 정도였다.

그러니 해군과 공군과는 다르게 여유가 넘쳤다.

"해군이 일본의 해상자위대를 상대로 제해권을 확보할 수 있겠습니까?"

전병도 중장은 이희도 육군 사령관을 보며 조심스럽게 물었다.

같은 대한민국 군인으로서 해군이 걱정이 되어 물어본 것이었다.

"충분할 거야. 이번에 신형 전함들이 세 척이나 편제에 들어갔고, 또 극비로 개발된 전략잠수함까지 배치가 되었으니……."

이희도 사령관은 정확한 전력은 알지 못하지만, 이번에 중국과의 전쟁이 끝나고 해군에 배치된 해모수급 전투 순양함 세 척과 용왕급 전략잠수함을 언급했다.

특히나 용왕급 전략잠수함은 비록 프로토타입이기는 하지만, 원자력잠수함이었다.

다만, 핵분열식 원자로를 탑재한 것이 아니라, 핵융합식 아크원자로를 탑재해 다른 나라의 핵추진 잠수함들보다 훨씬 안전한 원자로를 탑재하고 있었다.

그렇기에 더 조용하고, 더 오래 잠수할 수 있는 그야말로 유령과도 같은 잠수함이었다.

그런데 이 용왕급 전략잠수함은 이름으로 짐작할 수 있겠지만, 이 잠수함은 배수량이 무려 20,000t에 육박하는 19,879t으로 세계 최대의 전략핵잠수함인 러시아의 타이푼급의 24,000t보단 작지만, 미국의 오하이오급 원자력 잠수함의 16,775t보단 무거운 그야말로 전략잠수함이라 불리기에 충분한 잠수함이었다.

다만, 아직까지 용왕급 전략잠수함은 프로토타입 한 척뿐이지만, 세계에서 가장 조용하다는 오하이오급 전략잠수함보다 조용한 잠수함이기에, 일본의 잠수함이나 수상함을 상대하기에 가장 치명적인 무기가 될 것이다.

＊　　　＊　　　＊

늦은 저녁 긴자의 골목길.

다른 때 같으면 밝은 가로등이 밝게 붉을 밝히고 있었는데, 오늘은 왠지 음침하게 불이 꺼져 있었다.

하지만 이를 인식하지 못한 것인지, 이곳 앞을 지나는 사람들은 그저 술에 취해 지나갔다.

그런데 어두운 골목길 안쪽에서 어둠 속에 웅크린 채로 마치 사냥감을 노리는 맹수마냥 눈을 밝히고 있는 이들이 있었다.

"조장님, 곧 고노스케 관방 장관과 그의 보좌관이 도착한다고 합니다."

일본 야쿠자 세계를 평정한 두 집단 중 하나인 고베 야마구치구미의 조직 중 하나인 시라누이구미의 조장인 다이조를 향해 그의 조원인 미나미가 보고를 했다.

도쿄 조직 중 하나인 시라누이구미의 정예라 할 수 있는 다이조 휘하 야쿠자들은 오야붕인 시라누이의 명령을 받아 오늘 일본의 관방 장관인 고노스케를 처리하기 위해 출동을 한 상황.

사실 처음에는 이번 일을 두고 조직 내에서 반발도 있었다.

그도 그럴 것이, 다른 것도 아니고 나라의 대신을 향한 테러 행위였으니 거부 반응이 나오는 것도 당연했다.

하지만 다른 곳에서의 의뢰도 아니고 고베 야마구치

구미에서 내려온 명령이었다.

정치인을, 그것도 내각의 장 중 하나를 노리는 것에 대한 위험부담보다, 야쿠자 최상부의 명령을 어기는 것이 시라누이구미의 존립에 더 위협적인 일이었기에 조직의 오야붕인 시라누이는 어쩔 수 없이 조직의 최정예라 할 수 있는 다이조 팀에 이번 일을 맡겼다.

뿐만 아니라 일의 성공률을 높이기 위해 조직의 역량을 총동원하였다.

방금도 고노스케 관방 장관의 이동 경로를 파악하기 위해 총리 관저 인근에 배치를 한 조직원에게서 전달받은 정보를 토대로 보고를 한 것이었다.

"하, 고베 야마구치는 무엇 때문에 나라의 대신을 노리는 거야?"

너무도 이상한 명령에 어쩔 수 없이 따르기는 하지만, 정말이지 이해할 수 없는 명령이 아닐 수 없었다.

"조용. 우린 야쿠자다. 명령이 떨어지면 실행을 하면 그만인 것이야."

조장인 다이조는 굳은 표정으로 고베 야마구치구미에 대한 불만을 토로하는 부하에게 윽박질렀다.

그 또한 불만이 없는 것은 아니지만, 어쩔 도리가 없었다.

오야붕에게 의뢰가 들어와 수락을 했으면, 야쿠자인

자신들은 명령에 따라야만 하는 것이다.

그런데 이런 움직임은 비단 이곳 긴자에서만 일어나는 일이 아니었다.

이곳에서 얼마 떨어지지 않는 주오구에 있는 성루카 국제병원 인근에서도 비슷한 일이 벌어지고 있었다.

*   *   *

도쿄 주오구 성루카 국제병원 인근 도로.

일단의 차량이 골목에 주차되어 있었다.

그 차량들은 창이 모두 짙은 선팅이 되어 있어 내부를 볼 수가 없었는데, 차량 안에는 일단의 장년들이 타고 있었다.

"곧 나온다고 합니다."

"알았다."

차량에 타고 있던 장년들은 무슨 이유에서인지 무척이나 긴장을 하고 있었다.

"절대로 실패해선 안 된다."

가장 나이가 많은 장년의 말에 앞 좌석에 타고 있던 사내들이 굳은 표정으로 대답을 했다.

"알겠습니다."

사내들의 대답에도 처음 말을 꺼낸 장년의 표정은 펴

지지 않았다.

그도 그럴 것이, 이번 의뢰는 결코 그의 조직에서 감당할 수 있는 내용이 아니었다.

그럼에도 그가 받아들일 수밖에 없던 이유는 처음 명령이 내려온 곳이 바로 일본의 야쿠자 세계를 평정한 곳 중 한 곳이기 때문이다.

더욱이 공공연하게 그들은 서로 경쟁을 하는 사이가 아니라 협력을 하고 있다고 전해졌다.

막말로 이전 야쿠자 세계가 통일이 되기 전까지만 해도 세 개 내지 다섯 개 정도의 거대 조직들이 서로 견제를 하며 어느 정도 균형을 이루었다.

그래서 중소 야쿠자 조직도 그 지역에 한해서는 독립적으로 운영을 했다.

하지만 고베 야마구치구미와 사카우메구미가 야마구치구미를 잡아먹고, 그 뒤로 또 다른 야쿠자 3대 조직의 스미요시카이와 이나가와카이까지 평정을 하면서 사실상 야쿠자 세계는 야마구치구미의 갈래인 고베 야마구치구미와 사카우메구미의 차지가 되었다.

다만, 어떤 이유에서 두 조직이 야쿠자의 태생적 한계도 무시하고 서로 손을 잡고 있는 건지는 알 수 없지만, 일단 두 조직이 손을 잡고 있는 관계로 그 어떤 야쿠자 조직도 그들에게 반항을 할 수 없었다.

만약 반항을 했다가는 말만 그런 것이 아니라 실제로 조직이 공중분해가 될 것을 알기에, 그 어느 조직도 고베 야마구치구미와 사카우메구미에 반항을 하지 못했다.

고베 야마구치구미와 사카우메구미에 반기를 든 스미요시카이와 이나가와카이가 어떻게 되었는지 두 눈으로 목도했기 때문이기도 했다.

한때는 몇만의 조직원 수를 자랑하던 스미요시카이와 이나가와카이였지만, 불과 200에 불과한 고베 야마구치구미와 사카우메구미의 친위대에게 박살이 나 버렸다.

당시 고베 야마구치구미와 사카우메구미의 친위대가 보여 준 무력은 가히 충격적이었다.

권총과 일본도로 무장을 하고 있던 스미요시카이와 이나가와카이의 조직원들을 상대로 일본도 하나만 들고 쳐들어간 고베 야마구치구미와 사카우메구미의 친위대들은 마치 양떼 우리에 침입한 맹수마냥 스미요시카이와 이나카와카이의 조직원들을 도륙했다.

그 일 때문에 경시청에선 혹시라도 이들이 흥분해 일반인에게까지 폭력 행위가 번질까 극도로 긴장을 하며 주변을 봉쇄했다.

또한 항쟁이 마무리된 뒤, 따로 두 조직의 오야붕을

불러들여 훈계까지 했다.

솔직히 훈계를 했다는 것도 어처구니가 없는 처사이긴 했지만, 생존을 위해 어쩔 수 없었다고 하는 고베 야마구치구미의 와타나베 마사히로의 주장에 경시청장도 할 말을 잃어버렸다.

그도 그럴 것이, 조직원 수만 1만 명이 넘는 스미요시카이와 이나가와카이를 상대로 고베 야마구치구미와 사카우메구미는 각각 100명씩, 총 200명만 동원을 했으니, 그 주장도 어쩔 수 없이 받아들일 수밖에 없게 되었다.

그러다 보니, 사상자만 1만 명 가까이 난 야쿠자들의 전쟁이었지만, 정작 처벌을 받은 야쿠자는 아무도 없었다.

더욱이 이런 결과를 나오게 만든 것이 전적으로 와타나베 마사히로의 정치력 때문임을 알게 된 야쿠자들은 더 이상 와타나베나, 미츠노에게 반항을 할 수 없었다.

괜히 반항을 했다가 자신은 물론이고 조직원들까지 스미요시카이나, 이나가와카이처럼 도륙을 당할 수도 있었기 때문이다.

그렇게 야쿠자 세계의 영원한 강자로 남아 있을 것만 같던 야마구치구미와 스미요시카이, 그리고 이나가와카이가 야마구치구미의 분파이던 고베 야마구치구미와 사카우메구미에 의해 무너지고, 새로운 전기를 맡게 되면서 일본은 그 어느 때보다 평화로운 밤의 세계를 맞이했다.

어떻게 보면 많은 사상자가 나오기는 했지만, 고베 야마구치구미와 사카우메구미에 의해 야쿠자 세계가 평정이 되면서 일반인들에게는 이전과는 비교도 되지 않을 정도로 평화로운 세상이 되었다.

일반인들에게는 고베 야마구치구미와 사카우메구미로 인해 대출이자가 줄어들었고, 불법적인 추심이 들어오지 않는 것만으로도 두 야쿠자 조직을 응원했다.

그러니 일반 야쿠자 조직으로서는 무력이나 다른 이유에서라도 고베 야마구치나, 사카우메구미에 반항할 의지가 없어졌다.

그렇기에 위에서 명령이 내려오자 반항 한 번 하지 못하고 따르는 것이었다.

"준비해!"

"알겠습니다."

저 멀리 성루카 국제병원 입구에서 일단의 검은색 정장을 입은 사람들이 나오고 있었다.

*　　　*　　　*

저벅! 저벅!

"이 중요한 시기에 식중독이라니……."

자민당의 간사장인 모태기 도마스의 병문안을 다녀온 도조 다이스케 일본 방위성 장관은 작게 투덜거렸다.

그도 그럴 것이, 현재 일본은 국운을 걸고 한국과 전쟁을 벌일 준비를 하고 있었다.

한국이 알지 못하게 비밀리에 진행이 되고 있는 중인데 이런 때에 자민당 간사장인 모태기 도마스 의원이 식중독으로 성루카 국제병원에 입원을 한 것이다.

너무도 느닷없는 사고였기에 아무리 중요한 시기라고는 하지만 동료 의원이 그것도 당의 간사장이 병원에 입원을 했는데, 와 보지 않을 수는 없었기에 병문안을 온 것이었다.

그렇지만 이것은 도조 다이스케가 모태기 도마스 간사장과 친해서 그런 것은 아니었다.

그저 외부의 시선을 의식해 당의 단합을 보여 주기 위한 쇼에 불과했다.

번쩍!

찰칵! 찰칵!

'음!'

느닷없는 카메라 불빛과 셔터 소리에 깜짝 놀란 도조 다이스케.

하지만 그는 프로였기에 자신이 놀란 것을 감추며 자신을 촬영하고 있는 카메라를 향해 포즈를 취해 보였다.

"장관님, 모태기 다마스 간사장의 상태는 어떻습니까?"

이미 몇 명의 자민당 소속 의원들이 다녀갔을 때 한 질문이었지만, 기자는 이번에도 복사 붙여 넣기를 한 것처럼 똑같은 질문을 하였다.

"흠, 참으로 안타까운 일이지만, 담당 의사 말에 따르면 모태기 간사장의 상태가 좋지 못하다고 하더군요."

모태기 다마스 간사장의 나이는 오해로 62세의 정치인으로서, 따지면 그리 많은 나이는 아니다.

하지만 무슨 이유에서인지 그가 걸린 식중독의 상태가 너무도 좋지 못해 생명의 위협을 겪고 있었다.

"참으로 안타까운 소식이 아닐 수 없군요. 그런데……."

이미 몇 차례 같은 대답을 들은 기자는 또 다른 질문을 하려 했지만, 도조 다이스케는 더 이상 이곳에서 기자에게 붙잡혀 있고 싶은 마음이 없었다.

"그럼, 전 할 일이 많아……."

기자의 질문이 이어지고 있었지만, 도조 다이스케 방위성 장관은 그렇게 자신의 할 말만 하고는 빠른 걸음으로 자리를 떴다.

저벅! 저벅!

턱!

"장관님, 타시지요."

병원 로비를 지나 현관을 나오자 도조 다이스케를 태우기 위한 차량이 대기하고 있었다.

"저런 것 좀 막지 못하나?"

자신을 위해 차량을 준비한 보좌관을 향해 도조 다이스케는 미간을 찌푸리며 질책을 하였다.

"죄송합니다. 시정하겠습니다."

보좌관은 상관의 질책에 어떤 변명도 하지 못하고 허리를 숙여 시정하겠다며 사과를 했다.

그것만이 그가 정치적으로 살 수 있는 일이니, 어쩔 도리가 없었다.

"뭐 해! 얼른 타!"

자신에게 허리를 숙이며 사과를 하는 보좌관의 모습을 보다 저 멀리서 기자들이 따라붙는 것을 본 도조 다이스케 방위성 장관은 급히 소리쳤다.

그런 상관의 반응에 무슨 일이 벌어지고 있는지 눈치챈 보좌관은 급히 차량 안으로 몸을 날리고 차문을 닫았다.

그러자 마치 기다리기라도 했다는 듯이 도조 다이스

케가 탄 차량은 급히 출발을 했다.

그리고 그 뒤를 따라 경호원과 수행원이 탄 차량도 출발을 하였다.

그런 모습을 저 멀리서 짙게 선팅을 한 차량들도 보고 있다가 자신들의 앞을 지나가자, 마치 자연스럽게 같은 도로를 달리는 것처럼 따라붙었다.

*　　　*　　　*

성루카 국제병원을 나온 도조 다이스케 방위성 장관이 탄 차량의 운전수는 운전을 하던 중 뭔가 이상한 느낌에 사이드미러를 쳐다보았다.

그런 그의 눈에 아까부터 같은 색, 같은 모양의 차량이 따라오고 있는 것이 포착되었다.

'누구지?'

뒤에서 누군가 따라오는 듯한 느낌에 신경을 쓰다 보니 그의 운전이 살짝 거칠어졌다.

덜컹!

"뭐야!"

아주 잠깐 덜컹거린 것 때문에 도조 다이스케가 소리쳤다.

"그게… 누군가 따라붙은 것 같습니다."

"뭐야? 누가 미행을 하는 것 같다고?"

"예, 그렇습니다. 성루카 병원을 출발하고 얼마 지나지 않아 비슷한 모양의 차량이 계속 따라오고 있습니다."

운전수는 자신이 본 것을 그대로 도조 다이스케에게 보고했다.

"이치로! 경호 차량에 연락해서 알아보라고 해."

도조 다이스케는 누군가 자신을 미행한다는 소리에 바로 보좌관인 이치로에게 지시를 내렸다.

"알겠습니다."

도조 다이스케의 보좌관인 이치로는 바로 자신들이 탄 차량의 뒤쪽에 있는 경호 차량에 연락을 하여 자신들을 미행하고 있는 수상한 차량에 대해 알아보라는 지시를 내렸다.

하지만 도조 다이스케가 탄 차량을 미행하고 있던 차량은 한 대의 차량만이 아니었다.

고베 야마구치구미의 오야붕인 와타나베 마사히로의 명령을 받은 야쿠자들은 차량 한 대만 동원한 것이 아니라, 도조 다이스케를 테러하기 위해 조직원 전체가 나선 상태.

아니, 도조 다이스케만이 아닌 일본의 내각 위원들을 테러하기 위해 수많은 조직이 동원된 상태였다.

도쿄 긴자를 근거지로 하는 시라누이구미는 물론이고, 스마다 강 유역의 핫초보리와 몬젠나가초 일대를 장악하고 있는 시마다구미 등의 중소 야쿠자 조직이 총 망라되어 일본 나카소네 히데토시 내각 의원들에 대한 테러를 진행 중이었다.

사실 조금 전 도조 다이스케 방위성 장관이 문병을 다녀온 모태기 다마스 간사장의 경우도 이들 야쿠자의 테러로 인해 식중독에 걸린 것이었다.

모태기 간사장도 자민당 내 나카소내 총리와 같은 우익 의원이면서, 대체로 경호가 단단한 내각 의원들을 불러내기 위해 일부러 식중독을 일으켜 병원에 입원을 시킨 거였다.

그리고 이것은 전적으로 수호의 명령을 받은 와타나베 마사히로가 벌인 일이었다.

8. 봉황 1호 출동

대한민국 우주군 공중순양함 봉황 1호는 새롭게 배치
된 작전구역에서 벗어나 남하를 하였다.

　원래 봉황 1호의 작전구역은 새롭게 대한민국 영토로
편입된 동북 3성 중 흑룡강성이었다.

　이는 아무리 관계가 좋다고 하지만, 세계 군사력 순
위 2위의 러시아와 국경을 맞대고 있다 보니 언제 어떤
일이 벌어질지 몰랐기 때문이다.

　하지만 이런 임무를 중국 북경 인근 국경과 맞대고
있는 내몽고 지역에 있던 봉황 2호에게 일임하고 남하
했다.

그 때문에 봉황 2호의 관할은 갑자기 두 배 이상으로 늘어나게 되었는데, 다행스럽게도 현재 중국의 사정상 봉황 2호가 무리할 정도로 업무에 시달리진 않을 전망이었다.

또한 현재 한국과 러시아의 관계는 혈맹이라 불리는 미국보다 관계가 좋아 국경에서 러시아 군과 충돌할 일도 없을 것이라, 그저 형식적인 임무 인수인계일 뿐이었다.

그와 반대로 봉황 1호의 경우, 현재 극도로 민감해진 일본과의 문제로 혹시나 있을지 모를 일본 항공자위대의 기습 도발을 막기 위해 출동을 하는 것이었다.

대한민국 공군에도 조기경보기가 있기는 하지만, 그 수량이 일본에 비해 부족했다.

뿐만 아니라 중국과의 전쟁으로 현재 대한민국 공군의 조기경보기가 정비에 들어간 상태라 대한민국 영공 전체를 감시정찰 하지 못하고, 일부 지역만 감시하고 있는 상태라 항공 감시 전력이 턱없이 부족한 상태였다.

그래서 조기경보기 대신 우주군 소속의 공중순양함인 봉황 1호가 임무를 위해 출동한 것이었다.

"함장님, 30분 뒤에 울릉도 상공에 도착합니다."

항해사는 앞으로 30분 뒤, 작전구역인 울릉도 상공에

도착함을 알렸다.

"좋아!"

손일원 함장은 항해사의 보고에 대답을 하고 전방의 대형 모니터를 주시했다.

그곳에는 드넓은 동해의 모습이 펼쳐져 있었다.

좌측 중앙에는 울릉도와 독도의 모습이 떠 있고, 그곳에서 북서쪽에 봉황 1호를 표시한 녹색 삼각형이 반짝이고 있는 것이 보였다.

그리고 화면 오른쪽에 남북으로 길게 뻗은 일본의 지도가 보이고 있는데, 그곳에서 일본 해상자위대 제3호위대군의 모항인 마이즈루항에서 묘한 움직임이 포착이 되었다.

"작전관, 마이즈루항을 크게 확대해 봐!"

대형 화면에 아주 작게 표시가 되고 있었지만, 손일원 함장의 눈에는 그 미세한 움직임이 포착이 된 것이다.

"마이즈루 확대!"

"마이즈루 확대!"

손일원 함장의 명령에 조용하던 함교 내에 복명복창하는 구호가 울렸다.

그리고 컴퓨터 화면이 이동을 하듯, 화면 오른쪽에 표시된 일본 지도가 점점 크게 확대가 되면서 조금 전

손일원 함장이 말한 일본 해상자위대 제3호위대군의 모항인 마이즈루항의 모습이 크게 보였다.

화면이 확대가 되자 작게 꼬물거리던 붉은 점들이 크게 확대가 되면서 그 움직임이 확실하게 드러났다.

"위성 카메라 모드로 변경!"

또다시 손일원 함장의 명령이 떨어졌다.

이에 다시 한번 복명복창하는 소리가 들려왔다.

"위성 카메라 모드 변경!"

"위성 카메라 모드 변경!"

작전의 편이성을 위해 2차원 평면 화면으로 보이던 것이 위성 카메라 영상으로 바뀌자, 마이즈루항에서 펼쳐지고 있는 움직임이 보다 선명하게 보였다.

"화면을 분할해서 띄워!"

위성 모드로 본 마이즈루항의 모습에 손일원 함장은 뭔가 평상시와 다르단 판단에 조금 더 자세히 보기 위해 항구의 모습을 분할해서 관찰해 보기로 결정을 했다.

그리고 손일원 함장의 명령에 화면 왼쪽 하단에 마이즈루 항구의 보다 근접한 모습이 보이기 시작했다.

그런데, 그 모습에 봉황 1호의 함교에 있던 장교들의 표정이 굳어졌다.

그도 그럴 것이, 화면에 미사일을 실은 트럭과 크레

인이 군함에 미사일들을 옮겨 싣는 것이 포착되었기 때문이다.

그 모습은 훈련을 위한 모습이라 보기에는 무언가 무거워 보였다.

마치 전쟁이라도 나가는 듯한 비장함이 느껴졌다.

'역시나 준비를 하고 있었군.'

일본 해상자위대 제3호위대군은 러시아와 북한 해군을 대비한 조직이었다.

원래 명분이 바로 그것이었기에 현재 대한민국에 흡수통일 된 북한을 상대하기 위해 무장을 하는 것이나, 한중 전쟁 때문에 군사행동을 자제하고 있는 러시아 극동함대를 대비하기 위한 움직이라고 판단하기에는 지금 보이고 있는 제3호위대군의 움직임은 무척이나 부자연스러웠다.

그러니 남은 것은 대한민국을 도발하기 위해 그렇다고 보는 것이 훨씬 설득력 있어 보였다.

"함장님, 아무래도 일본 놈들이 정말로 우리나라를 상대로 기습을 준비하는 것 같은데요?"

봉황 1호의 부함장은 눈을 부릅뜨며 소리쳤다.

"아무래도 그동안 보여 주던 것이 오늘을 위한 기만책이었던 것 같군."

손일원 함장도 느끼는 것이 있었는지 그렇게 대답을

하였다.

그동안 일본의 해상자위대는 동해로 나왔다가 러시아의 블라디보스토크가 있는 쪽으로 방향을 틀었다가, 다시 독도 쪽으로 변침을 하는 등 요란한 항해 훈련을 자행했다.

이는 모두 대한민국 해군의 판단을 헷갈리게 만들기위한 기만전술이었다.

그들의 목적은 어디까지나 독도 침공과 대한민국 정부가 자신들의 기습 공격에 정신을 차리지 못하는 사이, 북한 함경도 지역에 상륙을 하여 그 지역을 확보하는 것이었다.

이는 계속되는 지진과 화산 폭발로 인한 피해, 그리고 요 몇 년 계속되고 있는 불의 고리에서 벌어지고 있는 해저화산 폭발로 인한 쓰나미 피해에서 일본인들을 안전하게 대피를 시킬 대륙 내 영토 확보를 위한 계획의 일환이었다.

필요한 최소한의 땅을 확보한다면, 일본은 북한의 핵문제를 거론해 미국을 끌어들여 대한민국 정부와 협상을 벌일 계획이었다.

이는 대한민국이 중국과 전쟁을 한 뒤로 전쟁을 더이상 수행할 여력이 없을 것을 염두에 두고 계획한 일로, 솔직히 현재 일본 또한 전쟁을 장기적으로 치를 여력이 없기에 이런 계획을 세웠다.

만약 1980년대 초만 되었어도 일본은 아마도 한반도 전체를 자신들의 식민지화하려고 했을지도 모르는 일이었다.

하지만 시간은 모두에게 공평하게 흘러갔고, 일본이 급속도로 발전을 하는 버블 경제에 취해 정신을 못 차리고 있을 때, 대한민국은 저 멀리 앞서가는 일본을 따라잡기 위해 밤낮을 가리지 않고 달려왔다.

그것이 현재의 일본과 대한민국의 입장을 정반대로 만들어 놓았다.

다만, 일본 정부는 아직까지 정신을 차리지 못하고 아직까지 대한민국이 일본의 밑이라 판단하고 오판을 하여 전쟁을 벌이려는 중이었다.

'음, 이번 기회에 일본이 자랑하는 호위대군을 지워 버리는 것도 괜찮겠어.'

마이즈루항의 일본 해상자위대 소속 제3호위대군의 모습을 확인한 손일원 함장은 차갑게 눈을 빛내며 각오를 다졌다.

사실 우주군 소속 공중순양함인 봉황 1호는 단순하게 탄도미사일을 방어하는 방어 무기만 있는 것이 아니었다.

유사시 공군을 대신해 지상을 폭격하는 임무까지 가

지고 있었다.

이는 지상 40㎞ 상공에서 적의 진지를 정밀 타격하는 것이기에, 사실상 이 공격을 막을 만한 수단은 손에 꼽을 정도로 적기 때문에 주어진 임무였다.

그런데 아이러니한 것은 지상에서 공중순양함인 봉황 1호를 격추시킬 수 있는 수단은 고고도 방공 미사일뿐이라는 것이다.

하지만 그런 탄도미사일을 막아 내는 일을 하는 것이 바로 봉황 1호였기에, 사실상 봉황 1호를 격추시킬 수 있는 것은 아무것도 없었다.

유일하게 가능한 것이라면, 미국이 1980년대 추진하다 포기한 일명 신의 지팡이라 불린 Rods from God이다.

텅스텐 탄자를 이용한 이 무기 체계는 마하10의 속도로 지상에 충돌하게 되면 TNT폭탄 11.5t의 파괴력을 보일 것으로 판단됐다.

하지만 이는 생각보다 강력한 위력이 아닐뿐더러 들어가는 예산에 비해 그리 효과적이지도 않았으며, 또한 계획 초기에 예상하지 못한 우주 방사선 오염이 대두되면서 계획은 폐지되었다.

사실 이 신의 지팡이는 방사능 오염 문제로 핵무기 사용이 비인륜적이란 논란을 피하기 위해 만들어진 무기였다.

하지만 우주 공간에는 핵폭탄에서 발산하는 방사능을 능가하는 우주 방사선이 가득하여 신의 지팡이에 사용되는 텅스텐 탄자가 비록 핵물질을 가지고 있는 순수 쇳덩이라 하지만, 우주 방사선에 노출이 되는 과정에서 방사능오염이 되어 사실상 방사능 덩어리가 되어 지상에 떨어지는 것이다 보니 여론의 몰매를 맞을 수밖에 없었다.

그러니 사실상 지상 40㎞ 상공에 떠 있는 공중순양함을 공격할 무기는 없다고 할 수 있었다.

그런 측면에서 공중순양함을 이용한 공중폭격 또한 막을 수단이 없는 것이나 다름없었다.

"현무—6를 준비해."

결심을 한 것인지 손일원 함장은 공중순양함인 봉황 1호의 무기고에 봉인된 현무—6를 준비하란 명령을 내렸다.

방금 전 손일원 함장이 명령한 현무—6는 아직 대중에 공개되지 않은 공대지 탄도미사일로, 대한민국 대통령과 군 관계자들 중 특급 비밀 취급 인가를 받은 이들만 알고 있는 전략미사일이었다.

당연히 외국에도 알려지지 않은 다탄두미사일이다.

더욱이 탄두 미사일이면서도 공중 발사를 한다는 것

또한 특이한 특성을 가지고 있어 현재로서는 사실상 봉황 1호와 같은 공중순양함에서만 발사할 수 있는 미사일이었다.

하지만 그렇다고 많은 숫자를 발사할 수도 없는 것이 현무—6 미사일은 탄두 중량만 무려 2t에 달하는 미사일로, 현무—6는 총 다섯 개의 탄두가 각각 400kg의 고폭탄을 가지고 있었다.

이 400kg의 폭약은 SH화학에서 개발한 신형 폭약으로 기존의 TNT 화약의 세 배에 달하는 폭발력을 가지고 있어 사실상 1.2t의 TNT 폭발력을 가지고 있는 것이나 마찬가지였다.

그 말은 어지간한 군함 정도는 탄두 하나만 맞아도 침몰, 내지는 대파시킬 수 있는 위력을 가지고 있다는 말과도 같았다.

이런 탄두를 다섯 개나 가지고 있는 현무—6는 가히 소형 전술핵이나 다름이 없었다.

그리고 현무—6가 봉황 1호와 같은 공중순양함에 모두 여덟 발이 탑재되어 있었다.

무게가 무게이다 보니, 너무 많은 수량의 현무—6 미사일을 실을 수 없었다.

이는 봉황 1호가 미사일 캐리어나, 공중 발사 미사일의 발사대로 개발이 된 것이 아니라 탄도미사일 방어 체계의 구성으로 개발된 플랫폼이었기에 이 정도에 그친 것이었다.

만약 작정을 하고 미사일 캐리어로 용도 변경이 된다면, 훨씬 확장된 미사일 격납고를 갖추고 더욱 많은 미사일을 수용했으리라고 미뤄 짐작할 수 있었다.

다만, 다른 나라를 침략할 생각이 수호나, 그런 수호를 수행하는 슬레인이 따로 계획하지 않는 이상 만들지 않을 것이었다.

이런 엄청난 위력의 현무—6 미사일이 봉인을 해제하고 발사 준비를 하고 있을 때, 일본 해상자위대 제3호위대군의 모항 마이즈루에서는 국운을 건 전쟁을 하기 위해 한창 출동 준비를 하고 있었다.

*   *   *

하나다 이등해조는 저 멀리서 군함에 연료를 채우고 있는 모습을 유심히 쳐다보고 있었다.

'이번에도 그냥 훈련이겠지?'

벌써 몇 번째인지 모르겠다.

얼마 전 미가미 삼등해조가 하고 간 이야기 때문에 밤잠을 설친 적이 몇 번인가.

훈련으로 그쳐 다행이라 생각했는데, 또다시 그때와

비슷한 일이 벌어지고 있었다.

'그런데 해좌(영관급)들이나, 해위(위관급)들의 표정이 심상치 않던데?'

한국 해군으로 치면 영관급에 해당하는 좌관급 간부들이나, 위관급 간부들의 표정이 다른 때와는 확연히 달랐다.

그것이 하나다 이등해조를 불안하게 만들었다.

그런 하나다 이등해조의 불안한 마음을 읽기라도 한 것인지, 기지 내에 요란한 사이렌이 울리기 시작했다.

애앵! 애앵! 애앵!

평소 훈련 때 듣던 사이렌 소리와 다를 봐가 없었지만, 불길한 예감에 휩싸인 하나다의 귀에는 그 소리가 마치 언젠가 그가 어렸을 때 한 번 겪은 죽음의 위기 때 들은 사이렌을 연상케 했다.

'어머니!'

18년 전 고향 토쿠시마 미나미조의 집에서 겪은 쓰나미로 인해 하나다는 죽다 살아난 기억이 있었다.

하지만 그의 어머니는 쓰나미에 휩쓸린 하나다를 구하기 위해 물론 뛰어 들었다가 그만… 목숨을 잃었다.

그 일로 인해 하나다는 깊은 충격에 휩싸였다.

그러다 세월이 흘러 정신을 차리고 할 것이 없자 먹고 살기 위해 자위대에 자원입대를 하게 되었고, 지금에 이르렀다.

그런데 그동안 잊고 있던 어렸을 때의 죽음과도 같던 기억을 떠올리게 하는 사이렌 소리가 울리고 있었다.

다른 훈련 때는 그런 기억이 떠오르지 않았지만, 왠지 모르게 지금 울리는 사이렌 소리는 하나다에게 잊힌 트라우마를 일깨웠다.

'지금 가면 죽을 거야!'

무엇 때문인지 알 수는 없었지만, 어려서부터 기감이 좋던 하나다는 자신의 신변에 이상이 있을 것만 같은 일에 지금과도 같은 느낌을 받았다.

'이대로는 안 돼.'

불길한 예감을 참을 수 없던 하나다 이등해조는 자신이 하려는 것이 불법이고, 만약 들킬 시에는 막대한 불이익을 불러일으킬 수도 있다는 것을 알면서도 무언가에 홀린 듯 뛰기 시작했다.

그런데 그가 뛰어가는 방향은 군인들이 밀집된 곳이 아닌 인적이 드문 어딘가였다.

"하나다 이등해조님!"

하나다가 막 뛰고 있을 때, 그의 뒤에서 누군가 그를 불렀다.

하지만 하나다는 그런 것에 신경도 쓰지 않고 어디론가 사라졌다.

그런 하나다의 모습에 그를 부르던 미나미 삼등해조
는 고개를 갸웃거렸다.

뭔가 급하게 뛰어가는 것이 급한 일이 있는 듯 보였
기 때문이다.

"무슨 일이 있나?"

이상한 행동을 가끔 하기는 했지만, 다른 간부들과
다르게 하나다 이등해조는 그런대로 자신에게 도움을
주던 선임이었기에 걱정이 들었다.

*   *   *

동해 상공과 일본의 해상자위대 모항의 분위기가 고
조되고 있을 때, 대한민국 청와대도 긴장이 감돌고 있
었다.

주한미국 대사 크리스토퍼 코넬이 방문한 다음 날,
정동영 대통령은 주한 일본 대사를 청와대로 불러들였
다.

대한민국 대통령의 부름에 주한 일본 대사는 아침 일
찍 청와대로 들어왔다.

"어서 오시오."

정동영 대통령은 자신의 출석 요구에 청와대로 들어
온 코이치 일본 대사를 보며 담담히 인사를 했다.

그런 정동영 대통령의 인사에 코이치 대사는 뭔가 이상한 기분을 느꼈다.

그도 그럴 것이, 요즘 한국의 대통령이 역대 어느 때보다 강경한 모습을 보이고 있기에 일본의 대사인 그로서는 참으로 난감한 상황이 아닐 수가 없었다.

이전 대사도 그렇지만, 코이치 또한 극우까진 아니더라도 우익 성향의 정치인이었다.

그런데 언제나 자신들 일본보다 한 수 아래라 생각하던 한국이 자신들을 뛰어넘은 지 오래란 것을 깨닫고, 사실 이곳 한국에 부임해 온 뒤로 한동안 업무를 볼 수 없을 정도로 혼란에 빠져 있었다.

그러다 정신을 차리고 업무를 보려던 찰나, 본국에서 이상한 명령이 하달되었다.

그 명령은 한국 정부의 실태를 파악해 보고하라는 것으로, 한국이 중국과의 전쟁을 치르면서 보인 허점을 파악해 보고하라 것이었다.

이 때문에 대사관에 머물고 있는 총리실 산하 내각정보조사실 요원들을 파견해 한국의 허실을 찾고 있었지만, 명령이 내려온 지 며칠 되지도 않은 때라 별로 진척이 없었다.

그런데 느닷없이 한국 대통령이 자신을 찾는다는 말에 도둑이 제 발 저린 격이 되어 청와대에 들어왔다.

한데 지금 정동영 대통령의 반응이 이상했다.

'정말로 뭔가 아는 것인가?'

정동영 대통령의 이상한 반응에 코이치 대사는 굳은 표정으로 그의 눈치를 살폈다.

"일본이 정말로 우리와 해보겠다는 것입니까?"

"네? 그게 무슨……."

코이치는 총리실에서 내려온 명령이 마음에 걸리긴 했지만, 그 또한 오랜 기간 외교관으로서 일을 해 왔기에 겉으로 자신의 생각을 표하지 않았다.

"일본이 우리와 전쟁까지 각오하고 있지 않고서야 어찌……."

정동영 대통령은 그렇게 코이치 일본 대사를 앞에 두고 마치 혼잣말을 하듯 큰소리를 냈다.

'뭐지? 무슨 일이 있는 것인가?'

한 나라의 대통령이 외국 대사를 앞에 두고 보일 수 있는 반응이 아니었기에, 코이치 일본 대사는 속으로 깜짝 놀랐다.

툭!

아무런 말없이 생각에 잠겨 있던 코이치 대사의 앞으로 무언가 날아왔다.

외국 대사에게 무척이나 결례가 되는 행동이었다.

하지만 자신의 앞에 떨어진 무언가를 본 코이치 대사

는 얼굴 가득 경악을 금치 못했다.

무심히 떨어져 있던 물건은 어떤 보고서가 적혀 있는 서류였는데, 그곳에는 'Top Sectet'라는 붉은 글씨가 적혀 있었으며, 그 하단에 일본 총리실 회의라고 적혀 있었다.

'어떻게 이들이 총리 회의를……'

일본 총리가 주재하는 회의의 내용이 적혀 있다는 특급 비밀 인장이 찍혀 있는 서류였기에, 코이치 대사는 그것을 읽지 않을 수가 없었다.

'어떻게 이런 내용이 한국 대통령의 손에……'

서류를 통해 일본 총리가 주재한 회의 내용을 읽던 코이치 대사는 표정이 점점 검게 죽어 갔다.

그도 그럴 것이, 회의 내용은 절대로 이곳에 있으면 안 되는 내용으로 점철되어 있었기 때문이다.

어떻게 한국을 적대하는 내용이 들어찬 회의에 관한 내용이 버젓이 한국 대통령의 손에 들려 있다는 말인가?

코이치 대사로서는 이 일이 결코 작은 파장으로 끝나지 않을 것임을 깨달았다.

"뭔가 잘못된 것입니다."

일단 부인하고 봐야 했다.

일본이 한국과 전쟁을 치러서라도 대륙에 영토를 확

보해야 한다는 내용을 어떻게 한국 대통령 앞에서 인정을 한다는 말인가?

그 말은 막말로 전쟁을 하자는 말과 같았기 때문이다.

"잘못될 것 하나 없습니다. 이미 들고 있는 것이 그 증거입니다."

너무도 단호한 정동영 대통령의 말에 코이치 대사는 순간 말을 잇지 못했다.

"북한이 개발한 핵무기를 빌미로 미국을 끌어들이려 했겠지만, 미국은 이번 일에 절대 나서지 않겠다고 선언을 하고 갔습니다. 아시겠습니까?"

"아니……."

"우리 대한민국이 아직도 조선 후기쯤의 나라로 생각하고 있나 봅니다? 하하하!"

이야기를 하다 말고 갑자기 허공에 대고 헛웃음을 흘리는 정동영 대통령의 모습에 지켜보던 코이치 대사는 소름이 돋았다.

뭔가 정상적이지 않고 미친 것 같은 느낌이 확 들었다.

"뭔가 오해가……."

코이치 대사는 뭔가 해야겠다는 생각에 계속해서 오해가 있을 것이라 변명을 했다.

하지만 정동영 대통령은 그런 코이치 대사의 말을 들으려 하지 않았다.

이미 일본 내에서 흐르는 정황을 속속들이 알고 있는 그로서는 코이치 대사가 하려는 말은 모두 헛소리에 불과했기 때문이다.

"비록 중국과 전쟁이 끝난 지도 얼마 되지 않았지만, 일본이 원한다면……."

이야기를 하다 멈춘 정동영 대통령은 차가운 눈빛으로 코이치 대사를 노려보았다.

그리고 한마디 한마디를 강조하며 이야기를 이어 갔다.

"확실하게 응대를 해 주겠습니다. 한국인이 작정을 하면 어떻게 된다는 것을 말입니다."

"아니……."

너무도 충격적인 내용의 이야기였기에 코이치 대사는 제대로 된 항의도 하지 못하고 당황한 채 정동영 대통령만 쳐다보았다.

"이 시간 이후, 일본의 그 어떤 도발도 용납하지 않을 것이며, 만약 독도 영해로 일본의 그 어떤 선박이나 항공기가 다가온다면! 침략 행위로 규정하고 발포를 할 것입니다! 또한……."

"꿀꺽!"

"만약 해경이나 해군의 지시에 불응하거나, 반항을 한다면, 이 또한 좌시하지 않을 것이오!"

"허!"

코이치 대사는 너무도 충격적인 정동영 대통령의 선언에 그저 할 말을 잃고 말았다.

역대 그 어느 한국의 대통령도 일본 대사를 불러 이처럼 강경한 발언을 한 이가 없었다.

한국의 14대 대통령을 역임한 대통령이 일본에 강경한 태도를 보이긴 했지만, 이처럼 전쟁도 불사하겠다는 듯한 발언은 아니었다.

"가 보시오. 이 시간 이후, 한국 내에 있는 일본의 대사관 직원들은 이번 일에 대한 일본 정부의 제대로 된 해명이 있기 전까지 활동을 금지하겠소."

"아니, 대통령님! 이건 아닌 것 같습니다. 솔직히 이 문건도 믿을 수 없고…….."

"아니, 믿어도 될 겁니다. 그 문건은 미국에서 제공된 것이니…….."

정동영 대통령은 수호가 전해 준 내용을 미국이 자신들에게 준 것이라 포장을 했다.

하지만 이는 전혀 틀린 말도 아닌 것이 수호가 전해 준 이것은, 미국 CIA와 NSA 등 미국의 첩보국에서 운용 중인 프리즘 시스템에서 빼내 온 것이었다.

그러니 미국이 제공한 것이나 다름이 없었다.

'아니, 그게 무슨 소리야. 미국이 이걸 한국에 제공했다니. 그렇다면……'

미국이 한국에 일본의 취약점이라 할 수 있는 총리실회의 내용이 담긴 문건을 제공했다는 것은, 일본을 버리고 한국과 손을 잡은 것이나 다름이 없는 소리였다.

이는 조금 전 한국의 대통령이 일본을 상대로 전쟁을할 수도 있다는 말보다 더욱 충격적인 내용이었다.

＊　　　　＊　　　　＊

대한민국의 청와대에서 무슨 이야기가 오고 가는지도모른 채 일본의 해상자위대 제3호위대군은 기항인 마이즈루에서 벗어나 동해로 접어들었다.

그리고 여느 때와 다르게 오키 제도가 있는 북서쪽으로 항진을 하기 시작했다.

촤아아!

굽이치는 파도를 가르며 제3호위대군은 빠르게 북서진을 하였다.

이지스 구축함을 필두로 구축함만 일곱 척에 경항모한 척으로 구성된 제3호위대군은 그 전투력만으로도 상당한 전력을 보유한 말이 자위대지, 웬만한 나라의 해군 함대와 견주어도 우위에 서는 전력이었다.

이런 제3호위대군과 필적할 만한 해군함대를 보유한 나라는 사실상 그리 많지 않아 손에 꼽을 정도에 불과했다.

그렇기에 일본의 해상자위대의 자부심은 미국 해군에 필적할 정도로 드높았다.

"드디어 결전의 날입니다."

료타 이등해좌는 흥분을 감추지 못하고 함장인 마쓰다 일등해좌에게 말을 걸었다.

이에 함교에서 쌍안경으로 저 멀리 수평선 너머를 살피던 마쓰다 일등해좌는 들고 있던 쌍안경을 내리며 대답을 했다.

"한국 해군은 절대 약하지 않다. 그렇게 흥분해선 일을 그르칠 수 있으니 자제하도록."

비록 한 계급차이였지만 규율이 엄격한 자위대이다 보니, 마쓰다 일등해좌의 말에 조금 가볍게 이야기를 꺼낸 료타 이등해좌는 급히 표정을 숨기며 대답을 했다.

"하이!"

일본인들은 아니라 부정을 하지만, 현대의 일본 자위대는 근대의 일본 제국 해군을 계승한 조직이었다.

그렇기에 모병임에도 불구하고 이들의 규율은 그 어

느 군대보다도 수직적이며, 또 엄정했다.

물론 일본 제국주의 시절 비인륜적인 만행을 서슴지 않고 저지르던 일본 해군의 후신이다 보니, 그 내면의 부조리도 함께 가져와 겉으로 보기에 규율이 엄정해 보이지만 그 안은 썩어 있었다.

"함장님 이상한 전문이 잡힙니다."

순항 중인 DDH—181 휴우가에 외부에서 누군가 무단으로 무전을 날린 것이었다.

"누구야?"

"전문의 내용을 보면 아무래도 한국군 같습니다."

"뭐! 아니, 어떻게……."

이번 기동은 은밀히 이루어진 것으로 한국에는 통보하지 않았다.

그런데 어떻게 이렇게 이른 시간에 자신들의 행적이 알려진단 말인가.

그리고 또 정확하게 제3호위대군의 기함인 휴우가에 무전을 날린 것인지 의문이 들었다.

"뭐라고 하나?"

일단 상대가 한국 해군으로 보이고 의문이 들기는 했지만, 일단 전문이 날아왔으니 그 내용을 들어 봐야만 했다.

그런데 그 내용이 너무도 의미심장한 내용이었다.

"너희의 목적을 알고 있다. 하지만 더 이상의 도발을 하지 않으면 공격하지 않겠다. 이상입니다."

통신병이 한국군으로 의심되는 상대에게서 전문을 받아 그것을 함장인 마쓰다 일등해좌의 명령에 낭독했다.

그런 통신병의 낭독이 있고 난 뒤, 료타 이등해좌는 소리를 질렀다.

"뭐야!"

자신들의 작전을 알고 있다는 것에 놀란 것도 놀란 것이지만, 그 전문의 내용이 너무도 건방졌다.

그래서 화를 낸 것이었다.

자신들보다 한참이나 떨어지는 상대가 자신들을 깔보는 듯한 전문을 보낸 것에 화가 났다.

하지만 휴우가의 함장인 마쓰다 일등해좌의 생각은 달랐다.

그도 그럴 것이, 한국군의 전투력은 자신들이 생각하는 이상으로 뛰어나다는 것을 얼마 전 중국과의 전쟁을 통해 느꼈기 때문이다.

이전이라면 마쓰다 일등해좌도 지금 전문을 듣고 화를 내고 있는 료타 이등해좌와 비슷한 반응을 했을 터.

그렇지만 한국 해군은 미 해군을 위협할 정도로 성장을 한 중국 동해함대를 상대로 일방적인 승전을 하였다.

더욱이 그 당시 자료를 보면 한국 해군 제2함대의 전력은 중국 동해함대보다 열세였다.

일부 지원을 받기는 했지만, 그렇다고 해도 한국 해군 제2함대가 중국 동해함대를 상대로 전투를 벌여 일방적인 승리를 거둔 것에 대해 폄하할 수는 없는 일이었다.

자신들보다 몇 배나 달하는 함정이나, 배수량을 가진 함대를 상대로 승전을 했기에 당연한 일이었다.

"발신자는 누군지, 위치는 파악이 되었나?"

보이지도 않는 상대가 자신들을 찾아 전문을 날린 것만으로도 사실상 자신들이 불리한 위치에 있었다.

그렇기에 마쓰다 함장은 급히 상대의 위치를 파악하기 위해 관측병에게 물어봤다.

"아직 레이더상에는 상대의 위치가 파악되지 않고 있습니다."

대상이 보이지 않는다는 보고에 마쓰다 함장의 미간이 찌푸려졌다.

그도 그럴 것이, 휴우가의 FCS—3 레이더는 탐지 거리 200㎞의 AESA레이더였다.

그 말인즉슨, 전문을 날린 상대가 200㎞ 밖에서 자신들을 포착하고 전문을 날렸다는 소리가 되었기 때문이다.

그런데 여기서 중요한 것은 현재 자신들이 있는 지점이 일본의 영해라는 점이다.

즉, 한국의 해군이 있을 것으로 예상이 되는 독도 인근이라고 해도 지금 자신들과의 거리는 300㎞가 넘는다는 것.

그럼에도 자신들은 상대를 파악하지 못했는데, 자신들은 상대에게 포착이 되었으니.

이는 심각한 일이 아닐 수 없었다.

휴우가의 함장 마쓰다가 심각한 표정을 짓고 있을 때, 이들은 알지 못했다.

자신들이 이미 타깃팅이 되어 있다는 사실을 말이다.

보통 사격 레이더가 목표를 타깃팅 하면, 2차 대전 당시 사용하던 군함이 아니라면 이런 사격 레이더에서 조사되는 레이더파를 탐지해 대응을 하기 마련이었다.

하지만 어찌된 영문인지 지금 휴우가는 봉황 1호가 사격 레이더로 타깃팅을 하고 있음에도 이를 알지 못했다.

"아타고에 연락해!"

도저히 상대의 위치를 파악할 수가 없자, 마쓰다 함장은 결국 이지스 레이더를 탑재한 DDG—177 아타고 함에 연락을 취했다.

PESA 방식의 AN/SPY—1D(V) 레이더를 탑재하여 탐지 거리가 무려 320㎞인 휴우가보다 120㎞나 더 길었다.

"뭐? 레이더에 걸리는 한국의 군함이 없다고?"

아타고함에서 전하는 무전을 들은 마쓰다 함장은 깜짝 놀랄 수밖에 없었다.

무전이 사실이라면 한국 해군은 AN/SPY—1D(V) 레이더에도 걸리지 않는 먼 거리에서 자신들을 탐지하고 무전을 했다는 소리였으니까.

그 말은 다르게 생각하면, 자신들이 보지 못하는 곳에서 자신들을 보고 있다는 소리였다.

'으음!'

순간, 마쓰다 함장은 뒷목이 서늘해짐을 느꼈다.

인간이 공포를 느끼는 원인은 알지 못하는 것에 대한 두려움 때문이다.

그런데 지금 적이라 할 수 있는 한국 해군은 자신들을 보고 있는데, 자신들은 그렇지 못한 것에 대한 두려움이 그의 마음속에서 피어나고 있었다.

9. 결전 전야

수많은 사람들이 삼삼오오 TV 앞에 모였다.

이들은 TV 속 대통령의 담화문을 들으며 분노를 금치 못하고 있었다.

'감히…….'

'어떻게 일본이…….'

'그러면 그렇지. 역시 일본 놈들은 믿을 수가 없는 족속들이야.'

TV를 보던 많은 사람들은 각자 자신만의 기준으로 대통령이 하는 담화를 판단하며 속으로 성토를 했다.

어떤 이는 너무도 충격적인 내용에 현실을 부정했고,

또 어떤 이는 일본인이 그러면 그렇지란 생각을 떠올렸다.

그리고 대부분의 사람들이 공통적으로 떠올린 것은 일본에 대한 부정적인 생각이었다.

중국과의 전쟁을 끝낸 지 이제 겨우 한 달도 채 되지 않았다.

70년 넘게 분단이 된 한반도가 통일이 된 것이 좋았고, 또 비주류 역사학자들이 주장하던 고대 한민족이 활보하던 고토를 중국으로부터 되찾아 온 것도 좋았다.

몇 배로 늘어난 국토와 인구로 인해 대한민국은 새로운 시대를 맞이했다.

한중 전쟁이 끝나고 제3의 한강의 기적을 일으키자는 운동이 펼쳐지고 있을 때, 이런 어처구니없는 소식이 전해지자 일본에 대한 성토가 일어날 수밖에.

일부 젊은이들 사이에선 재입대 신청이 일어날 조짐을 보였다.

그도 그럴 것이, 현재 한반도에 있는 한국인들은 한중 전쟁의 승리에 고무된 상태였다.

그동안 대한민국은 주변에 세계 4대 강국들에 둘러싸여 있다 보니, 자국에 대한 자존감이 떨어져 있었다.

하지만 세계 2~3위를 논하는 중국과의 전쟁에서 승전을 했다.

그 말은 대한민국이 그런 중국보다 강력한 나라라는 사실을 객관적으로 보여 주는 사례가 되었다.

그러다 보니 한국인들은 자국에 대한 자부심이 고취되어 있었다.

그런 상태에서 가위바위보마저도 일본에는 지면 안 된다는 사고를 가지고 있는 한국인에게 이처럼 참담한 일본 총리의 발언이 공개되었으니, 당연한 현상이 아닐 수 없었다.

웅성! 웅성!

사람들이 모인 곳마다 작은 소란이 일었다.

[대한민국의 대통령이자 군 통수권자의 권한으로 만약 일본 자위대가 대한민국의 영해를 침범하거나, 방공식별구역을 침입했을 때는 더 이상의 경고 없이 격퇴할 것을 천명합니다.]

와아!

짝짝짝!

담화문을 읽던 정동영 대통령이 발표를 하자 이를 지켜보던 국민은 일제히 환호와 함께 박수를 쳤다.

그 어떤 역대 대통령보다 화끈한 발표를 했기에 이에 환호와 찬사를 보낸 것이었다.

그리고 이러한 모습은 전파를 타고 전 세계로 퍼져

나갔다.

*　　　　*　　　　*

미국 백악관에서는 부통령인 제레미 라이스 부통령과 NSC 위원들이 모여, 조금 전 대한민국에서 송출된 정동영 대통령의 담화문을 함께 시청을 하고 향후 대책에 대해 논의하기 시작했다.

"저게 사실일까?"

제레미 라이스 부통령은 조금 전 한국의 대통령이 발표하던 중에 보여 준 일본 총리 주재 회의 내용을 언급한 것이다.

너무도 충격적인 영상이다 보니, 일국의 대통령이 거짓된 정보를 꺼냈을 것이란 의심을 할 수 없음에도 물어볼 수밖에 없었다.

아니, 그는 동맹인 두 나라가 이렇게까지 첨예하게 대립하는 것을 두고 볼 수 없어 부정을 하고 싶던 것이다.

하지만 그의 질문은 진실을 듣고 분쇄되었다.

"어떻게 입수를 한 것인지 알 수는 없지만, 아마도 사실일 것입니다."

조나단 샌더슨 CIA 국장은 굳은 표정으로 대답했다.

그런 조나단의 대답에 제레미 라이스 부통령은 그를 지그시 쳐다보았다.

"엘리스의 분석에 의하면 조작의 의심이 들지 않는다 합니다."

CIA의 국장인 조나단이 언급한 엘리스는 미국에 존재하는 모든 첩보 기관이 수집한 정보를 처리하는 슈퍼 컴퓨터의 이름이었다.

현존하는 데이터처리 속도가 가장 빠른 컴퓨터라 알려진 것보다 1.5배나 빠른 처리 속도를 가지고 있는 것이 바로 엘리스였는데, 제레미 라이스 부통령의 명령으로 조금 전 한국 대통령이 밝힌 일본 총리 주재 회의 내용을 정밀 분석했다.

혹시나 담화문 내용 중 조작된 것은 없는지 알아보기 위해서였다.

이는 일본과 대한민국, 양국 모두가 미국의 동맹이고 동북아시아 정책의 중심축이기 때문이었다.

하지만 조사 결과, 아무런 문제가 없었다.

다시 말해 한국과 일본의 전쟁은 막을 수 없으며, 그 원인은 일본이라는 것이었다.

어떻게 현대에 비인륜적인 일방적인 전쟁 기획을 할 수 있는 것인지, 일본인들을 도저히 이해할 수가 없었다.

"그런데 이대로 둬도 되겠습니까?"

이안 맥그리거 백악관 안보보좌관은 심각한 표정으로 질문을 던졌다.

존 바이드 대통령 때는 반한국적인 외교적 경향이 강했다면, 현재 제레미 라이스 부통령의 경우에는 그와 반대로 친한국적인 정책을 펼치고 있었다.

그렇기에 이안 맥그리거로서는 조심스러울 수밖에 없었다.

"하, 일본이야 자신들이 가지고 있는 문제 때문에라도 언젠가는 일을 벌일 줄 알았지만, 한국도 만만치 않으니……."

더 이상 누가 전쟁을 일으켰냐는 문제가 아니었다.

양국의 대사들에게 공문을 보내 자신들의 입장을 밝히고 전쟁을 막아 보려 했지만, 양국 모두 무척이나 강경하게 반응을 보이고 있었다.

[한국을 그냥 두고 봐.]

며칠 전, 아론 헌터가 전한 말이 문득 떠올랐다.

무슨 이유에서인지 그는 자신을 불러 당부 아닌 당부를 했다.

마치 이런 일이 벌어질 줄 알고 그런 것인지, 한국에

대해 긍정적인 모습을 취하고 있었다.

당시 제레미 라이스 부통령 또한 현재 빠르게 강해지고 있는 한국을 생각해 그렇게 하겠노라 대답을 했다.

다만, 일본 또한 미국의 입장에선 중요한 파트너였기에, 두 나라가 전쟁을 벌이는 것만은 막고 싶었을 뿐이다.

"우린 이번 일에서 빠져 있다가 승자의 손을 들어주는 것으로 마무리하지요."

아론 헌터의 말도 있었으니, 만일 일이 잘못되더라도 자신은 그저 명령을 따랐을 뿐이라 큰 걱정도 없었다.

다만, 개인적인 생각으로는 한국이 전쟁에서 이겼으면 하는 생각을 했다.

아무래도 뒤에서 음모를 꾸미는 일본인은 그가 아무리 정치인이라 하지만, 마음에 들지 않았다.

"혹시 모르니 국내 방위산업체에도 확실하게 못 박아 두세요. 이번 일에는 어느 편도 들어줄 수 없으며, 무기 판매도 안 된다고."

제레미 라이스 부통령은 혹시라도 방위산업체에서 정부 몰래 무기를 한국이나, 일본에 판매할 수도 있다는 생각에 이를 단속하기로 했다.

그들의 입장에서야 전쟁은 큰 목돈이 들어오는 잔치와도 같았다.

하지만 이번 전쟁은 다른 이도 아니고, 미국의 동맹인 두 나라가 치르는 전쟁이다.

그런 와중 어느 한쪽에 무기를 판매하거나, 양쪽 모두에 무기를 판매하게 되면 자칫 그동안 미국이 쌓아놓은 이미지를 스스로 무너뜨리는 결과를 초래할 수 있었다.

제레미 라이스 부통령은 그래서 그런 명령을 내린 것이다.

"알겠습니다."

"그리고 NSA에서는 혹시라도 백악관의 명령을 무시하고 일을 벌이는 기업이 있는지 감시하세요."

백악관이 이렇게 한국의 정동영 대통령이 발표한 담화문을 가지고 심각한 정책 결정을 하고 있을 때, 일본의 나카소네 총리도 내각을 소집하여 회의를 진행하고 있었다.

＊　　　　＊　　　　＊

"아니, 이게 어떻게 된 일이야?"

나카소네 총리는 심각하게 구겨진 표정으로 고함을 질렀다.

그도 그럴 것이, 내각회의에서 나온 내용을 한국 대

통령이 TV에서 발표했기 때문이다.

막말로 자신들도 회의 내용은 극비였기에 영상을 제작하지 않았는데, 한국 대통령은 대국민 담화를 하는 방송에서 버젓이 송출되어서 깜짝 놀랄 수밖에 없었다.

그래서 이에 대한 책임 소재를 파악하기 위해 내각을 불러들인 것이었다.

하지만 그들도 제작한 영상이 아니었기에 내각 관료들도 할 말이 없었다.

"누구야! 누가 저런 영상을……."

말을 하면서도 기가 막혀 제대로 말을 이어 갈 수가 없었다.

"일단 무조건 부정해야 합니다."

고노스케 관방 장관은 언제나 그렇듯 자신들은 한국 대통령의 발표를 거짓이라 부정해야 한다고 이야기했다.

물론 이 자리에 있는 이들은 모두 알고 있었다.

영상 속 내용이 진실임을.

하지만 어떻게 해서 저 영상이 찍혔는지는 알 수가 없어 조용히 있을 뿐이었다.

"그런다고 문제가 해결이 되나?"

나카소네 총리는 굳은 표정으로 고노스케 관방 장관을 노려보며 소리쳤다.

"물론 문제가 해결이 되는 것은 아니지만, 어찌 되었든 저들이 공격을 한다면 세계인들은 저들을 비난할 것입니다."

무슨 근거로 다른 나라 사람들이 한국을 비난한다는 것인지 이해할 수 없는 논리를 내세우는 고노스케 관방장관이었다.

하지만 몇몇 관료들은 이런 근거 없는 고노스케의 말을 받아들였다.

"그렇습니다. 저희는 절대로 그런 일이 없었으며, 이는 한국이 우리 일본을 깎아내리기 위해 조작한 거짓입니다."

'허어!'

이를 조용히 지켜보던 나가토 외무상은 기가 막혔다.

당시에 자신이 그렇게 반대를 했지만 한국과 전쟁을 하자고 주장하던 이들이, 그 증거가 나왔음에도 불구하고 또 부정하는 추태라니.

같은 일본인으로서 부끄럽고 수치스러웠다.

'그런데 어떻게 알게 된 것이지? 정말로 미국이…….'

나카소네 총리는 지금 내각 관료들을 불러 다그치고 있었지만, 어제 코이치 대사로부터 긴급하게 보고가 날아왔다.

그 내용은 한국 대통령이 총리가 주재한 내각회의 내용을 알고 있으며, 그 출처가 미국이라는 내용이었다.

처음에는 그 말이 무슨 소린지 잘 이해가 가지 않았다.

하지만 잠시 생각을 하다 떠오르는 것이 있었다.

그것은 바로 자신이 주재한 내각회의에서 잠깐 언급이 된 일본인 대륙 이주 계획에 관한 내용이었다.

중국과의 전쟁으로 비록 승리를 했지만, 분명 한국은 혼란스러울 터.

또한 세계 3위의 군사력을 가진 중국과의 전쟁으로 비축된 전쟁 물자가 부족할 것이니, 이때 기습 공격을 하면 충분히 승산이 있다고 판단을 했다.

그리고 한국이 혼란을 수습하기 전에 한반도에서 멀리 떨어진 독도와 울릉도를 점령하고, 전력 공백이 유력시되는 함경도 지역을 기습 점령을 한 뒤, 미국을 불러들여 중재를 요청한다면 큰 손실 없이 지진과 쓰나미에 안전한 영토를 확보할 수 있을 것이라 내다봤다.

그런데 이런 자신들의 계획이 한국에 노출이 되었다.

그것도 미국에 의해서 말이다.

나카소네 총리를 이 일을 어떻게 수습하는 게 좋을지 궁리했다.

하지만 아무리 궁리를 해도 그 해결책이 떠오르지가

않았다.

그런데 그때, 방위성 장관인 도조 다이스케가 소리쳤다.

"차라리 잘되었습니다. 이참에 자랑스러운 우리 자위대의 능력을 저 무도한 조선 놈들에게 보여 주는 것입니다."

자다가 봉창 두드리는 소리였다.

하지만 해결책을 찾지 못한 나카소네 총리의 귀에는 말도 되지 않는 도조 다이스케의 억지가 그럴싸하게 들렸다.

'그래, 무엇이 문제인가. 이기면 그것이 진실이다.'

오래전, 전국시대처럼 승자만이 진실을 말할 수 있다고 생각한 나카소네 총리는 방금 전 도조 다이스케 방위성 장관의 주장처럼 해상자위대의 일부(제3호위대군)만 움직일 것이 아니라, 자위대 전체를 움직여 일시에 한국을 치는 것이 좋겠다는 결정을 내렸다.

"좋아! 다이스케! 자신 있나?"

나카소네 총리는 방위성 장관인 도조 다이스케를 주시하며 물었다.

그런 총리의 질문에 도조 다이스케는 자리에서 벌떡 일어나 소리쳤다.

"물론입니다!"

"좋다. 그럼 이 시간부로 자위대에 명령을 내린다."

"하이!"

"총력을 다해 저 오만무도한 조센징들을 응징하라!"

"하이!"

정동영 대통령의 대국민 담화를 수습하기 위해 모인 내각회의는 급기야 한국과의 전쟁 선언으로 막을 내렸다.

✳   ✳   ✳

대통령의 대국민 담화가 있은 뒤, 대한민국은 금방이라도 일본과 전쟁을 치를 것처럼 흥분했다.

그렇지만 그런 분위기와 다르게 SH 그룹의 회장실은 무척이나 평화로웠다.

하지만 그것도 잠시, 슬레인의 보고에 수호는 하던 일을 멈추고 TV를 보았다.

"일본이 본격적으로 한국과 전쟁을 벌이려는 거지?"

조금 전, 나카소네 총리가 방위성 장관인 도조 다이스케와 한 대화가 TV에 고스란히 흘러나오고 있었다.

"어차피 일본은, 아니, 일본 정부는 그것이 최선이라 생각하고 있습니다. 그러니……."

신체를 가지게 된 슬레인은 이제는 수호의 개인 비서

로 신분을 만들어 함께 움직이고 있었다.

"군에는 전달했어?"

"예. SH 그룹의 성명으로 정보시령부에 전달했습니다."

대한민국 군대도 SH 그룹의 정보력이 자신들보다 훨씬 뛰어남을 한중 전쟁을 치르면서 인정을 한 상태였다.

"그런데 일본이 어떻게 나올 것 같아? 정말로 전면전을 하려고 할까?"

수호는 살짝 의문이 들었다.

일본 총리가 방위성 장관에게 그러한 명령을 내렸다고는 하지만, 미국의 지휘를 받는 일본 자위대가 정말로 대한민국을 상대로 전력을 총동원해서 기습 공격을 할지는 회의적이었다.

지금 일본이 공격하려는 나라는 북한과 같이 적대적인 국가도 아니고, 지금까지 수교를 하고 무역을 하던 나라다.

더욱이 미국의 동맹이 아닌가.

이런 관계를 생각했을 때, 비록 총리의 명령이라지만 무리수라는 생각이 들었다.

그런데 들려온 슬레인의 답변은 그러한 수호의 판단과는 전혀 다른 이야기였다.

"현 일본 정부라면 충분히 가능합니다."

"그게 무슨 소리지?"

"현재 일본 정부는 그 어느 때보다 강경한 우익 정부입니다. 뿐만 아니라……."

슬레인은 주인인 수호의 질문에 자신이 그런 판단을 내린 근거를 말해 주었다.

"허! 일본인, 아니, 일본의 정치인들이 그렇게나 무모하다고?"

설명을 모두 들은 수호는 기가 막혔다.

이건 뭐 상식이 통하지 않는 존재들이 아니지 않은가.

어떻게 자국민의 희생도 도외시하고 자신들의 목적을 위해 그런 무모한 선택을 한다는 말인가.

"일본으로서는 선택의 여지가 없습니다. 아니, 일본의 정치가 그러한 선택을 하게 정해져 있다고 하는 것이 맞을 것입니다."

"그게 뭐야?"

수호는 아무리 이해를 하려고 해 보았지만, 평범한 인간이 일본 정치인들의 판단을 이해한다는 거 자체가 불가능하다는 것을 깨달았다.

"하, 내가 굳이 일본인들을 걱정할 필요는 없겠지."

"그렇습니다. 마스터는 그냥 이번 일은 그냥 지켜보

시기만 하면 충분할 겁니다. 뭐, 일본인들이 불쌍하다 느껴지신다면 지금이라도 늦지 않았습니다."

수호가 무엇을 말하는지 잘 알고 있는 슬레인은 그런 수호의 모습에 조금은 냉정한 판단을 했다.

조금 전, 슬레인이 한 이야기는 일본이 전쟁을 일으키는 것이 마음에 들지 않는다면, 그냥 전쟁을 일으키려는 주체인 일본 총리와 내각의 일원들을 모두 암살하라는 것이었다.

"음… 아니야, 그렇게 하면 앞으로도 일본은 기회만 생기면 지금처럼 도발하려 할 테지."

순간 슬레인의 말에 혹하기는 했지만, 고개를 저었다.

굳이 자신이 나서서 전쟁을 일으키려는 일본 정치인들을 암살하기보단 조금의 희생이 있을 수 있지만, 대한민국의 힘을 일본에 확실하게 각인시키는 것이 더 좋을 것이라 판단했다.

물론 최대한 희생을 줄이기 위해 도움을 주기는 할 테지만, 한중 전쟁 때처럼 그렇게 직접적으로 행동을 하진 않기로 결정했다.

그래야 일본이 대한민국은 강한 나라이며 민족임을 알 수 있게 될 테니까.

*   *   *

대한민국 국군 합동사령부는 비상이 걸렸다.

SH 그룹으로부터 새로운 정보가 들어왔기 때문이다.

대한민국 국군도 군 정보사령부를 운용하고 있기는 하지만, 그동안 정보사령부는 북한군에 대한 정보를 주로 다루었기에 한반도 주변국에 대한 정보는 취약했다.

그리고 이는 국정원 또한 마찬가지였다.

그 때문에 한중 전쟁 당시에도 국정원이나, 정보사령부의 정보보단 사기업인 SH 그룹에서 보내 준 정보를 토대로 작전을 펼쳤다.

그런데 조금 전, SH 그룹에서 회장의 이름으로 정보가 전달되었다.

기존 해상자위대 제3호위대군을 위주로 도발을 하려던 일본이 전격적으로 작전을 수정했다는 것을.

그것도 단순하게 호위대군의 수를 늘리는 정도가 아니라, 일본이 보유한 자위대 전체 전력을 가지고 기습 공격을 하려고 한다는 내용이었다.

사실 이런 정보를 받았을 때는 부정도 해 보았다.

동맹은 아니지만, 미국이 있는데 일본이 그런 무모한 행동을 할까라는 생각이었다.

하지만 다르게 생각하면 해상자위대 제3호위대군을 동원해 공격을 하는 것도 정상은 아닌 판단이었다.

"이게 정확한 정보가 맞을까?"

처음 말을 꺼낸 사람은 합동사령부 통합사령관인 강원찬 대장이었다.

그는 군사작전권이 미군에서 국군으로 이관이 된 뒤, 통합사령부가 신설이 되고 초대 통합사령관이 된 입지적인 인물이었다.

"SH에서 온 것이니, 맞을 것입니다."

강원찬 대장의 질문에 부사령관이 대답을 했다.

"그렇겠지?"

부사령관의 대답을 들은 강원찬 대장도 솔직히 믿을 수 없어 그러한 질문을 한 것이 아니었다.

다만, 정보의 내용이 너무도 심각한 것이기에 부정적으로 질문을 한 것뿐이었다.

"그렇다면 일본이 우리를 상대로 전면전을 치르겠다는 것인데……."

"그래 봤자 저들은 할 수 있는 것이 아무것도 없습니다."

강원찬 대장의 말에 조용히 듣고 있던 장성 중 한 명이 자신의 생각을 드러냈다.

먼저 나선 것은 신설된 우주군 사령관인 공찬우 대장이었다.

"우주군에서 뭔가 준비한 것이 있습니까?"

그런 공찬우 대장에게 강원찬 대장이 물었다.

통합 사령관의 질문에 공찬우 대장은 눈빛을 빛내며 대답을 했다.

"혹시 있을지 모를 도발에 대비해 공중순양함인 봉황 1호가 울릉도 상공에 대기를 하고 있습니다."

"봉황 1호가 대단하긴 하지만, 그것만으로는……."

공찬우 우주군 사령관의 대답에 정진섭 해군 사령관이 부정적인 대답을 하였다.

"물론 봉황 1호만으로는 일본의 자위대 전체를 커버할 수 없다는 것을 알고 있습니다. 그러니……."

공찬우 우주군 사령관은 봉황 1호 한 기로는 일본의 자위대 전력을 감당할 수 없음을 인정하고, 중국을 견제하기 위해 산둥성 상공에 대기를 하고 있던 봉황 3호와 정비창에서 정비를 하고 있는 봉황 5호를 동해와 남해로 이동 배치할 것을 언급했다.

사실 공중순양함인 봉황호들은 독자적으로 운용을 하지 않는다.

이는 봉황호들이 미사일 요격 체계인 스카이넷 시스템의 일환이기에, 공중호위함인 대붕급 두 기와 함께 세트로 운용 중이었다.

비록 봉황급 공중순양함에는 전투력이 미치지는 못하지만, 대붕급 공중호위함도 상당한 전투력을 가지고 있는 기체였다.

더욱이 한중 전쟁을 치르면서 스카이넷 시스템이 단순히 미사일 요격 체계로만 운용할 수 있는 플랫폼이 아님을 깨달은 군은 계속해서 스카이넷 시스템을 연구해 왔다.

그렇게 해서 나온 것이 바로 봉황급 공중순양함과 대붕급 공중호위함이 미사일 요격 체계의 구성품이지만, 미사일 캐리어로 변용이 가능함을 깨달았다.

비록 운용 중량 때문에 많은 수량의 미사일을 보관할 수는 없지만, 웬만한 폭격기의 탑재량만큼은 탑재할 수 있었다.

이는 대한민국 군에 획기적인 작전 운용 능력을 가져다주었다.

방어 무기이던 스카이넷 시스템이 급기야 공격 무기로 운용이 가능하게 되었기 때문이다.

적의 탄도미사일 및 순항미사일을 방어하는 것은 물론이고, 원거리에서 미사일 캐리어로써의 임무도 수행할 수 있게 되었기에 실로 고무적인 내용이 아닐 수 없었다.

그리고 지금 공찬우 대장은 그런 공중순양함과 공중호위함의 능력은 이야기하고 있는 것이었다.

"호! 그런 능력이 있었습니까?"

스카이넷 시스템의 구성인 공중순양함과 공중호위함에 그런 운용 방법이 있었을 것이란 것을 알지 못한 장군들은 하나같이 경악한 표정으로 공찬우 우주군 사령관을 쳐다보았다.

"물론 현재 동원할 수 있는 봉황급 공중순양함과 대붕급 공중호위함의 숫자가 많지 않기 때문에 해군의 도움이 필요합니다."

공중순양함과 공중호위함의 능력이 뛰어남을 알고 있지만, 공찬우 우주군 사령관은 방심하지 않았다.

그도 그럴 것이, 동원할 수 있는 공중순양함과 공중호위함의 숫자는 많지 않았기 때문이다.

그래서 그는 해군에 지원을 요청했다.

대한민국 해군의 능력은 이미 한중 전쟁에서 여실히 드러났다.

자신들보다 전력이 몇 배나 높은 중국 동해함대를 상대로 괴멸적인 타격을 입힌 이들이 바로 대한민국 해군이었다.

그것도 함대 하나가 말이다.

그래서 지금 공찬우 우주군 사령관은 정진섭 해군 사령관을 보며 도움을 요청한 것이었다.

"당연히 도와야죠. 아니, 바다는 저희 해군의 담당이 아니겠습니까. 최선을 다해 협력하겠습니다."

예전 같았다면 밥그릇 싸움으로 각을 세웠을 테지만, 일본과의 전쟁을 직면하고 있는 지금, 이들은 서로 협력을 하여 이번 일을 적은 희생으로 끝마치기 위해 머리를 모았다.

10. 경고는 끝났다

마이즈루의 일본 해상자위대 제3호위대군이 출항을 한 뒤 두 시간만에 운항을 멈췄다.

이들이 운항을 멈춘 이유는 느닷없이 날아온 한국군의 무전 때문이기도 했지만, 결정적으로는 방위성에서 날아온 명령 때문이었다.

방위성에서 특급으로 날아온 전문의 내용은 바로 한국과의 전면전을 위해 일본 자위대의 모든 전투력을 투사하기 위해 일시 정지하라는 내용이었다.

즉, 자신들 제3호위대군만의 단독 작전이 아니라, 1~8호위대군은 물론이고, 이를 보조하는 지방 함대,

그리고 항공자위대의 전투기와 지원기까지 모든 전투력이 투사되는 것이었다.

물론 전쟁이라면 당연히 그 나라가 가진 모든 역량을 투사하는 게 당연한 것이겠지만, 그렇게 되면 전략의 수정이 불가피해진다.

그도 그럴 것이, 최초의 계획은 자신들 제3호위대군의 전력이 훈련을 가장해 독도 인근에 접근을 하고, 기습적으로 독도와 인근 울릉도를 공격하는 거였다.

그렇게 되면 뒤늦게 한국 해군의 1함대가 기항인 동해항에서 나오겠지만, 그 전에 이미 자신들은 독도는 물론이고 인근 울릉도까지 점령한 상태가 될 것이고, 뒤늦게 출동한 한국 해군과는 대치 상태가 될 것이 분명했다.

이때, 함대 일부가 한반도의 북부인 함경도 지역에 진출을 한다.

그러면 기본 계획은 끝나는 것이었다.

이후에는 미군을 압박해 한국과 협상을 한다는 것이 2차 계획이었다.

한국은 아직 중국과의 전쟁으로 넓어진 영토로 인해 제대로 된 방어 구역이 형성되지 못한 상태.

자신들이 한반도의 북부 지역을 점령하고 오래전 만주국에 대한 주장을 한다면 충분히 먹힐 것이라 예상이

되었다.

그리고 한국이 북한이 불법적으로 개발한 핵무기를 UN에 알리지도 않고 보유하는 것을 언급한다면, 비록 만주국 주장이 설득력이 부족하다 해도 UN에서, 그리고 미국도 충분히 자신들의 말을 들어줄 터였다.

또한 한중 전쟁에서 패배를 한 중국 또한 한국보다는 자신들의 손을 들어줄 공산이 컸다.

자신들과 관계가 그리 좋지 못한 중국이라 하지만, 얼마 전 전쟁을 치른 그리고 중국에 패배의 치욕을 안겨 준 한국보단 그래도 자신들이 더 낫지 않겠는가.

이는 총리실 내 전략 조사실에서 연구한 자료를 바탕으로 꾸려진 전략이기에 틀리지 않을 것이었다.

"아직도 적의 위치를 찾지 못했나?"

휴우가의 함장인 마쓰다 일등해조는 인상을 쓰며 소리쳤다.

방위성의 명령으로 항진을 멈춘 제3호위대군의 기함 휴우가는 물론, 이지스 레이더를 탑재한 모든 제3호위대군의 구축함들은 마쓰다 함장의 명령에 따라 계속해서 레이더 탐지를 하고 있었다.

"혹시 해상이 아닌 바닷속의 한국 잠수함에서 전문이 날아온 것이 아닐까요?"

료타 이등해좌는 조심스럽게 자신이 가지고 있던 생

각을 피력했다.

"그게 말이 된다고 생각하나?"

"아니……."

마쓰다 함장은 자신에게 건의를 한 부함장 료타 이등해좌의 말에 더욱 인상을 쓰면서 호통을 쳤다.

그도 그럴 것이, 잠수함은 더욱 말이 되지 않았기 때문이다.

그 이유는 잠수함에서 무전을 하기 위해선 수면 가까이 떠오르거나, 수면 위로 부상을 해야 한다.

그렇다는 말은 이지스 레이더를 가진 DDG—177 아타고나, DDG—175 묘코가 이미 적을 포착했을 터.

아니, 이 두 이지스 함선이 아니더라도 헬기 구축함인 자신들이 먼저 잠수함을 발견했을 것인데, 그러지 못했다.

즉, 그 말은 잠수함에서 자신들에게 무전을 한 것이 아니란 소리였다.

"함장님, 마이즈루 지방대가 곧 합류하겠다는 연락이 왔습니다."

레이더 관측장교는 자신이 받은 무전을 함장인 마쓰다 일등해조에게 보고를 하였다.

'흠, 드디어 도착을 하는군.'

방위성의 명령도 명령이지만, 위치를 알 수 없는 한

국군으로 인해 단독으로 작전에 들어가는 것에 왠지 모를 불안감을 느끼고 있었다.

비록 지방대이기는 하지만, 배수량 4,500t의 구축함인 아사기리급과 6,200t의 무라사메급 구축함으로 구성된 함대로 화력면에서는 결코 약하지 않았다.

아니, 레이더 성능에서 공고급이나, 아타고급 이지스 구축함에 비해 떨어질 뿐이지 결코 약한 군함은 아니었다.

그래서 지방 함대라 하지만 결코 적잖은 전력이 합류하는 것이었다.

'비록 적의 위치가 아직까지 발견되지 않았지만, 이 정도로 전력이 보강되었는데 한국 해군 따위에 겁먹을 이유는 없지.'

마쓰다 함장은 마이즈루 지방대가 합류를 한다는 보고에 속으로 마음을 다잡았다.

그러나 마이즈루 지방대의 합류에 고무된 마쓰다 함장과 제3호위대군 간부들은 알지 못했다.

그들이 지방대의 합류에 고무되어 있을 때, 대한민국 우주군과 해군에서는 이들의 움직임을 실시간으로 보고 있다는 것을.

*　　　*　　　*

대한민국 우주군 공중순양함 봉황 1호의 함교에서는 긴장감이 고조되어 있었다.

그도 그럴 것이, 커다란 모니터에 일본 제3호위대군에 마이즈루 지방대가 합류하는 모습이 실시간으로 모니터링 되었기 때문이다.

'결국 일본은 루비콘강을 건넌 것인가?'

고대 로마 시대에서 유래된 '루비콘강을 건너다'라는 표현을 떠올린 손일원 함장은 눈을 차갑게 빛냈다.

'그래, 너희가 그토록 원한다면 받아 주지.'

한참 모니터를 쳐다보던 손일원 함장은 그렇게 속으로 되새기며 결정을 내렸다.

"전원 전투준비!"

"전원 전투준비!"

"저들은 우리의 경고를 무시하고 전쟁을 일으키려 하고 있다."

전투 준비란 구호에 함교 안에 있던 군인들이 전원 복명복창을 하자, 손일원 함장은 결연한 마음으로 현 상황을 함 내에 전파했다.

"저들이 공해를 빠져나와 방공식별구역으로 들어오면 바로 공격한다!"

이미 경고를 한 상태였다.

그 상태에서 아무런 답변도 없이 방공식별구역을 넘는다면 더 이상 두고 볼 수는 없는 일이었다.

원칙대로라면 방공식별구역에 들어왔다고 해서 바로 공격을 하진 않는다.

그렇지만 현 대한민국과 일본의 상황은 언제 전쟁이 터질지 모르는 상황.

더욱이 일본은 계속해서 대한민국을 도발하고 있는 상황이지 않은가.

그러니 방공식별구역에 들어왔다고 기존처럼 경고 방송을 하고 위협사격을 한 뒤 그래도 퇴거를 하지 않을 때 공격을 하는 것이 아니라, 공격을 받기 전 먼저 쏜다는 생각이었다.

이미 군의 통수권자인 대통령으로부터 일본이 먼저 위협적인 행동을 한다면 경고 없이 공격해도 죄를 묻지 않겠다는 약속을 받았다.

아니, TV를 통해 이미 전 국민에게 전파가 되었다.

그런 상황에서 일본의 해상자위대 소속 제3호위대군과 지원을 온 마이즈루 지방대가 지금 공해를 넘어 대한민국의 방공식별구역 안으로 들어오려 하고 있었다.

"함장님, 일본 제3호위대군이 방공식별구역으로 들어왔습니다."

손일원 함장의 명령이 있고 얼마 지나지 않아 공해에

머물고 있던 일본의 해상자위대 제3호위대군과 마이즈루 지방대가 대한민국의 방공식별구역으로 들어서는 모습이 포착되었다.

"흠… 일단 한 번 더 경고해!"

조금 전까지만 해도 방공식별구역에 들어오면 바로 공격을 하겠다고 한 손일원 함장은 바로 공격 명령을 내리지 않고 경고를 한 번 더 하라는 명령을 내렸다.

막상 일본과 전쟁을 하려고 하니, 순간적으로 마음이 답답해져 그런 명령을 내린 것이었다.

이전 한중 전쟁에서는 그렇지 않고 바로 중국 공군을 상대로 공격 명력을 내렸는데, 이번에는 달랐다.

그도 그럴 것이, 얼마 전까지만 해도 미국을 가운데 두고 공산 진영인 북한과 중국의 탄도미사일을 방어하기 위해 공조를 유지하던 관계였는데, 이렇게 맞상대를 하게 되자 가슴이 답답한 것이었다.

"응답이 없습니다."

한 번의 기회를 주었지만 일본 해상자위대 제3호위대군에서는 답변이 없었다.

그 말은 끝까지 가겠다는 무언의 신호라는 것을 손일원 함장이나, 함교에 있는 장교들이 모를 리 없었다.

"그렇단 말이지……."

통신장교의 말에 손일원 함장은 입가에 차가운 미소

를 짓고는 작게 중얼거렸다.

"원한다면 들어주는 것이 예의지."

드디어 결정을 내렸다.

"현무―6 발사 준비."

현무―6 미사일을 언급한 손일원 함장은 바로 발사 명령을 내렸다.

"준비가 되는 대로 1번, 2번 미사일을 연속 발사한다."

"발사 준비 완료."

명령이 떨어지기 무섭게 통신장교가 무전을 받고 소리쳤다.

"발사!"

"발사!"

복명복창이 울리고 모니터에 파란 점이 나타나며, 빠르게 공해를 넘어 대한민국의 방공식별구역 안으로 들어온 일본 해상자위대 함대를 향해 두 발의 현무―6 미사일이 날아갔다.

사거리 600㎞의 공대함, 공대지 버전의 현무―6 미사일이 빠르게 일본 해상자위대에게 날아가는 모습이 보였다.

봉황 1호에서 발사된 현무―6 미사일은 빠르게 가속도를 붙이고 날아가며 최종적으로 마하 18의 속도로 목표한 함선에 충돌할 것이었다.

현무─6는 원래라면 목표 거리 100㎞ 지점에서 탄두가 분리되어 다중 목표 혹은 단일 목표를 향해 날아가 타격을 줄 테지만, 발사된 현무─6 미사일은 탄두 하나당 한 척의 일본 구축함의 좌표가 세팅이 되어 날아가고 있었다.

＊　　＊　　＊

"앗! 함장님, 울릉도 방향에서 수상한 레이더 신호가 포착되었습니다."

한참 동해를 달려 독도가 있는 지역으로 다가가고 있을 때, 레이더 관측병이 비명과 같은 소리를 지르며 보고했다.

"뭐야? 뭐가 포착이 되었다는 것인가?"

마쓰다 함장은 레이더 관측병의 보고에 급히 소리쳤다.

그렇지 않아도 몇 시간 전에 날아든 의문의 전문으로 인해 긴장을 하다가, 조금 전 또다시 알 수 없는 곳에서 경고를 받았다.

그런데 이번에는 레이더 관측병이 무언가 포착을 했다는 보고에 소리를 질렀다.

"그, 그런데 신호가 금방 사라졌습니다."

하지만 들려온 대답은 무척이나 실망스러운 말이었다.

신호가 잡혔는데 다시 사라졌다는 말에 마쓰다 함장은 미간을 찌푸렸다.

'신호가 없다가 나타났다. 그리고 무슨 이유에서인지 사라졌다.'

지금 상황이 어떻게 돌아가는지는 알 수 없지만, 마쓰다 함장은 왠지 모를 불안감에 뒷목이 서늘해지는 느낌을 받았다.

'뭐지? 이런 현상이 뭘 가리키는 거지?'

자꾸만 자신의 뇌리 한쪽을 당기는 예감에 마쓰다 함장은 조금 전 관측병이 한 말을 떨칠 수가 없었다.

'혹시……'

자꾸만 뇌리 한쪽을 차지하며 신경을 쓰이게 하는 예감에 한참을 고민하던 중 뭔가가 떠올랐다.

'스텔스……'

"아타고 연결해!"

"알겠습니다."

마쓰다는 불길한 예감을 떨치지 못하고 급히 이지스 구축함인 아타고함을 불렀다.

"연결되었습니다."

통신장교의 보고에 마쓰다 함장은 급히 아타고함의 함장인 하루토 일등해좌를 불러 상황을 설명하고, 조금 전 신호가 잡힌 울릉도 해상을 살펴보라는 지시를 내렸다.

하루토 일등해좌와 같은 계급이기는 하지만, 제3호위대군의 기함인 휴우가의 함장인 마쓰다 일등해좌가 선임이었기에 할 수 있는 지시였다.

그리고 얼마 뒤, 아타고의 함장인 하루토에게서 다급한 연락이 왔다.

"현재 우리 함대가 있는 쪽으로 미사일 두 발이 날아오고 있습니다!"

스텔스 설계가 되어 있는 현무—6 미사일이었지만, 일본의 제3호위대군에는 두 척의 이지스 구축함과 두 척의 준 이지스급 구축함이 배치가 되어 있다 보니, 아무리 스텔스 형상 설계가 되어 있는 현무—6 미사일이라 할지라도 그 궤적이 탐지가 되었다.

하지만 현무—6 미사일은 단순한 공대함미사일이 아니었다.

현무—6는 스텔스 설계와 적의 레이더 재밍을 교란하는 항재밍 기능이 탑재되어 있을 뿐만 아니라, 자체적으로 궤도를 수정하는 편심 비행을 할 수 있게 설계되어 있었다.

더욱이 편심 탄도비행을 하면서 기동을 하다 보니, 이를 추적하여 중간에 요격하는 것이 사실상 불가능했다.

이를 알지 못하는 일본 해상자위대는 어떻게든 자신들을 향해 날아오는 현무—6 미사일을 요격하기 위해 탑재한 요격미사일을 발사했다.

"우리를 향해 적 대함미사일이 날아오고 있다. 그러니……."

봉황 1호에서 발사된 현무—6 미사일이 날아오고 있다는 소식을 접한 마쓰다 함장은 급히 명령을 내렸다.

레이더 성능이 가장 우수한 아타고급 이지스 구축함에 데이터 링크를 걸고 요격미사일을 발사하란 명령을 내린 것이다.

하지만 아무리 무적의 방패라 불리는 이지스 레이더라 하지만, 스텔스 형상 설계를 하고 마하 18의 속도로 날아오는 현무—6 미사일을 요격하는 것은 사실상 불가능한 일이었다.

"어? 미사일이 신호가 열 개로 늘어났습니다!"

레이더를 보면서 봉황 1호에서 발사된 현무—6 미사일을 추적하던 레이더 관측병은 갑자기 숫자가 두 발에서 열 발로 늘어나자, 새된 비명을 지르며 소리쳤다.

"그게 무슨 소리야? 미사일이 두 발에서 열 발로 늘

었다니!"

말도 되지 않는 소리에 마쓰다 함장은 급기야 관측병을 향해 호통을 쳤다.

하지만 관측병은 억울했다.

그도 그럴 것이, 레이더 상에 정말로 열 발의 미사일이 날아오는 것으로 나타났기 때문이다.

"정말로 레이더에 열 개의 신호가 포착이 됩니다……."

억울한 관측병은 계속해서 자신의 주장을 거듭했다.

*   *   *

봉황 1호에서 현무—6 공대함미사일이 발사되고 있을 때, 부산 상공에 떠 있던 우주군 소속 대붕 4호에서도 공대공 초음속 순항미사일이 발사되었다.

이는 일본 유쿠하시시에 위치한 일본의 항공자위대 기지인 츠이키 기지와 나가사키에 있는 나하 기지에서 출격한 제5항공단, 제8항공단, 그리고 제9항공단의 전투기들을 향한 공격이었다.

그리고 이러한 공격은 비단 대붕 4호만이 아니라 인근에 있던 대붕 5호와 대붕 6호 또한 마찬가지였다.

이는 대붕 4호 하나만으로는 일본의 항공자위대 세

개 항공단에서 출격한 전투기와 조기경보기 등을 막아
내는 데에 한계가 있었기 때문이다.

더욱이 대한민국 공군은 현재 일본과의 전쟁을 대비
하기 위해 사전에 준비를 했다고는 하지만, 일본보다는
중국과의 국경 근처에 이동 배치를 하고 있던 터라, 남
해 부산 방면으로 오기까지 시간이 걸려 우선적으로 공
중호위함인 대붕급들이 우선 일본의 항공자위대를 방어
하는 임무에 들어갔다.

그렇기 때문에 대붕급 4~6호기가 보유한 공대공미사
일을 모두 쏟아 낸 것이다.

＊　　　　＊　　　　＊

나하 기지에서 이륙한 남서항공방면대 소속 피스아이
는 F—15JSI의 호위를 받으며 이키섬 상공을 비행하고
있었다.

그런데 느닷없이 엄청난 숫자의 미사일을 포착되었
다.

한국의 거제도 방면에서 처음 포착된 미사일은 빠른
속도로 자신이 있는 방향으로 날아오고 있었다.

"북서 열한 시 방향에서 다수 미사일 포착, 다
시⋯⋯."

레이더 관측병은 자신이 보고 있던 레이더 상에 나타난 미사일에 대한 보고를 했다.

그러자 피스아이 주변을 비행하던 F—15JSI가 신속하게 자신들을 향해 날아오는 공대공미사일을 향해 재밍을 시작했다.

그렇지만 현대의 미사일은 이러한 전자기 재밍을 회피하기 위해 항재밍 시스템을 내장하고 있어 쉽게 떨쳐내기는 힘들었다.

일본의 항공자위대가 보유한 F—15JSI가 최신 4.5세대 전투기로 업그레이드가 되었다고는 하지만, 한국의 대붕급 공중호위함에서 발사한 최신형 공대공미사일이었기에 F—15JSI가 부착하고 있는 전자전 재밍 시스템을 회피할 수 있었다.

— 미사일 재밍에 실패했다.
— 재밍에 실패를 하여 요격에 들어간다.

날아오는 미사일을 피하기 위해 전자전 재밍에 들어갔던 일본 항공자위대 소속 F—15JSI 전투기들은 재밍에 실패를 하자, 급히 기동을 하며 단거리 요격미사일을 발사하고 플레어와 채프를 뿌려 가며 요격과 회피를 동시에 진행했다.

하지만 안타깝게도 대붕급 공중호위함에서 발사한 공대공미사일을 회피한 일본 항공자위대 F—15JSI 전투기는 얼마 되지 못했다.

그도 그럴 것이, 자신들을 향해 발사된 미사일을 발견한 것이 너무도 늦었기 때문이다.

비록 180㎞ 떨어진 거리에서 발견하기는 했지만, 발견하고 임무를 분배하기까지 시간이 걸리다 보니 시간이 부족했다.

쾅! 쾅!

재밍과 요격에 실패한 항공자위대 소속 F—15JSI 전투기들은 그 대가를 치렀다.

"젠장!"

E—737 피스아이에 있던 통제사는 격추되는 아군기를 보며 으르렁거렸다.

미군을 제외하고 가장 정예라 생각하고 있던 항공자위대 전투기 조종사들이 한국 공군으로 짐작되는 이들의 미사일 공격을 받고 격추가 되고 있었기 때문이다.

"미사일을 피할 수 없으면 적을 한 대라도 더 격추하고 가!"

통제사뿐만 아니라 E—737 피스아이의 레이더를 들여다보고 있던 관측병 또한 들리지도 않을 말을 외쳤다.

그런데 그런 레이더 관측병의 소리를 들은 것인지, 아니면 혼자 죽기에는 억울했기 때문인지는 모르겠지만, 미사일을 피해 비행을 하던 항공자위대 전투기 조종사들이 처음 조기경보기로부터 데이터를 받은 지점을 향해 장거리 공대공미사일을 발사했다.

일본 자체 개발한 JNAAM 중거리 미사일은 사거리 150㎞의 중거리 공대공미사일로 미사일 자체 AESA 레이더 시커가 내장되어 있으며, 발사 후 망각 방식의 미사일이기에 적기를 향해 대략적인 방향만 잡고 발사를 해도 미사일이 자체 내장된 레이더를 통해 적기를 추적하기에 굳이 전투기가 적기를 레이더로 조사할 필요가 없는 최신형 미사일이었다.

그렇지만 일본의 전투기 조종사들은 상대를 잘못 파악하고 있었다.

그들이 상대하는 적은 4.5세대 전투기가 아닌 미사일 요격을 위해 개발된 스카이넷 시스템의 일원으로, 저고도에서 초음속으로 날아가는 순항미사일이나 로켓 등을 요격하는 데에 특화된 공중호위함이라는 것을.

그런 대봉급 공중호위함에 아무리 대단한 JNAAM이라 하지만, 상대가 될 수는 없었다.

그것도 모르고 항공자위대 전투기 조종사들은 최후의 발악을 하듯 보유한 중거리 공대공 미사일을 계속해서 발사했다.

＊　　　＊　　　＊

남해안으로 날아오는 일본의 항공자위대 전투기들을 보며 미사일을 발사한 대봉 4호는 그 결과를 지켜보고 있었다.

자신들의 머리 위 30㎞ 상공에서 중계를 하는 공중순양함 봉황 5호의 엄호를 받으면서.

"10초 뒤, 발사한 중거리 미사일과 일본 항공자위대 소속 F—15가 조우합니다."

레이더 관측장교는 레이더를 보며 거리 측정을 하며 보고를 했다.

대봉 4호의 함장은 그런 관측장교의 보고에 정명의 커다란 화면을 응시했다.

화면 오른쪽에는 붉은색 점들이 무수히 많이 밝혀져 있었고, 그와 반대로 왼쪽에는 아군을 표시하는 커다란 푸른색 점 세 개가 놓여 있었다.

그곳에서 발사된 작은 점들이 오른쪽 붉은 점들을 향해 빠르게 날아가고 있었다.

이미 작은 푸른 점과 붉은 점들은 거의 부딪힐 듯 접근해 있어 레이더 관측장교의 보고가 아니더라도 충분히 상황을 알 수 있었다.

"1번 미사일 명중, 2번… 3번……."

또 다른 관측장교가 보고를 하기 시작했다.

몇몇 미사일은 적기와 명중을 하여 목적을 달성했으나, 몇 기의 미사일은 적 전투기의 요격에 파괴가 되기도 했다.

하지만 발사된 미사일은 중간에 요격이 된 것보다 목표를 타격한 것이 훨씬 많았다.

"적기에서 미사일이 발사가 되었습니다."

"그래?"

조용히 결과를 지켜보고 있던 함장은 관측장교의 보고에 눈을 반짝였다.

대붕 4호의 함장은 사실 별로 할 게 없었다.

압도적인 화력으로 일본의 항공자위대 세 개 항공단을 사실상 격멸하고 있었기 때문이다.

물론 그건 대붕 4호의 함장만이 느끼는 것이 아니라 인근 작전구역에 떠 있는 대붕 5호와 6호의 함장도 마찬가지였다.

솔직히 대붕급 공중호위함의 위력이 강력하다고는 하지만, 대붕급 공중호위함이 보유한 미사일에는 한계가 있었다.

하지만 한 기도 아니고 무려 세 기나 동원이 되다 보

니, 공대공미사일의 수량은 충분했다.

더욱이 대붕급 공중호위함들은 플라스마 스텔스 장치로 인해 적에게 식별되지 않고 있으니, 조금 전 적기가 미사일을 발사했다고 해도 그리 걱정이 되지 않았다.

우연히 근처로 날아온다 해도 말이다.

대붕급 공중호위함에는 강력한 레이저포가 다수 장착이 되어 있기에, 접근을 하기도 전에 요격을 해 버리면 끝이었다.

"요격 준비."

일본 항공자위대 F—15JSI 전투기들이 미사일을 발사했다는 소리에 미사일 요격을 준비시켰다.

"위험 순으로 요격해."

굳이 접근하는 모든 미사일을 요격하기보다는 가장 위험한 순으로 함에 근접한 미사일만 요격하라는 명령을 내렸다.

이는 거의 무한에 가까운 에너지를 생산하는 아크 원자로라고는 하지만, 굳이 에너지를 쓸데없이 낭비할 이유는 없었다.

그래서 그러한 명령을 내린 것이었다.

"위험 순으로 요격!"

명령이 떨어지기 무섭게 함 내에서는 복명복창과 함께 함으로 접근하는 JNAAM의 요격 모드로 들어갔다.

대붕 4호를 시작으로 대붕 5호와 6호도 자신을 향해 날아오는 미사일을 향한 요격 모드로 들어갔다.

아무리 신소재 복합체로 방어력이 뛰어나다 하지만, 미사일 앞에서는 방어력을 논하기 힘들기에 공중호위함들도 탑재한 레이저포를 이용해 일본 항공자위대 소속 F—15JSI가 발사한 미사일 요격을 시작했다.

비잉! 비잉!

대붕급 공중호위함에 탑재된 열 기의 레이저포에서는 순차적으로 고출력 레이저를 발사했다.

그러자 임의의 방향으로 날아오던 JNAAM들 중 대붕급 공중호위함 방향으로 날아오던 미사일들이 중간에 요격이 되어 폭발하기 시작하였다.

쾅! 쾅!

공중호위함에서 발사된 고출력 레이저는 빛의 속도로 날아가 미사일들을 순식간에 폭발시켰다.

사실 이제까지 개발되어 알려진 레이저포 중 가장 우수한 것은 미국이 개발한 것으로 50kW급을 여러 개 연결한 230kW급 레이저포가 최고라 알려졌다.

하지만 SH 그룹에서 개발한 레이저포는 그보다 세 배 강한 700kW급 고출력 레이저포로써, 미국의 레이저포가 날아오는 미사일을 요격하기 위해 5초에서 10초 이상 조사를 해야 하는 것과 다르게 대붕급 공중호위함에 탑재된 레이저포의 경우 1초만 조사하면 끝이었다.

한편 거제도 상공에서 이렇게 대붕급 4번함과 5번함, 그리고 6번함이 일본의 항공자위대 소속 서부항공방면대, 남서항공방면대 소속 F—15JSI전투기들을 상대로 공방을 펼치고 있을 때, 대한민국 해군의 비밀 병기라 할 수 있는 주몽급 전투순양함인 해모수, 주몽, 동명성왕함의 주포에서 연신 불꽃이 피어오르고 있었다.

＊　　　＊　　　＊

쾅! 쾅! 쾅! 쾅!

대한민국 해군 1함대 소속 전투순양함 해모수함은 230㎜ 함포 사격이라고는 믿기지 않을 속도로 연속 포격을 하고 있었다.

우웅! 우웅!

강력한 주포의 발사로 인해 함포를 발사할 때마다 20,000t에 달하는 선체가 기우뚱하였다.

하지만 반동 제어력이 뛰어나기 때문에 함포 발사에 의해 균형을 잃지 않고 계속해서 함포를 발사할 수 있었다.

이러한 공격은 비단 1함대 소속 해모수함만이 아니라 서해에 있는 2함대 소속 주몽급 전투순양함에서도, 남해 3함대에 배치된 동급의 동명성왕함에서도 동시에 벌어지고 있는 중이었다.

이들이 쏘는 함포의 목표는 오키 섬을 지나 독도 해역에 들어선 일본 해상자위대 제3호위대군과 그들을 지원하기 위해 출동한 마이즈루 지방대 등을 향해서였다.

구축함의 숫자에서 한국 해군을 능가하는 일본 해상자위대의 편제 때문에 함대 간 전투에서 한국 해군이 전적으로 불리하였기에, 대한민국 통합사령부에서는 이처럼 일본 해상자위대의 구축함에서 발사하는 함대함미사일의 사거리에서 벗어난 초장거리에서 전투를 시작하는 작전을 수립했다.

비록 주몽급 전투순양함에서 발사되는 230㎜ 함포의 위력이 함대함미사일에 비해 파괴력이 약한 것은 사실이지만, 제대로 명중만 한다면 항해 불능은 물론이고, 자칫 미사일을 탑재한 VLS(수직발사관)에라도 명중이 된다면 단 한 발만으로도 유폭을 시켜 침몰시킬 수 있었다.

또한 포탄이긴 하지만 230㎜ 함포의 포탄도 자체 파괴력이 그렇게 약하지 않았다.

집중해 두세 발을 맞게 된다면, 현대 최신 군함이라도 충분히 파괴가 가능했다.

그러하였기에 현대에 무용(無用)이라 할 수 있는 전함

(함포를 가진 군함)을 다시 건조한 것이었다.

이렇게 한반도 동쪽 서남 방향에 있던 주몽급 전투순양함에서 발사된 230㎜ 포탄은 강철의 비처럼 날아가 미사일 방어에 정신이 없는 해상자위대 제3호위대군과 마이즈루 지방대의 머리 위로 쏟아졌다.

*   *   *

대한민국 정부는 국군의 강력한 군사력을 숨기지 않고 전 세계로 송출하였다.

이는 일본처럼 대한민국의 군사력을 폄하하며 기습 공격을 하려는 나라가 있을지 모르기에 그런 것이었다.

대한민국 정부가 이런 판단을 한 것은, 전적으로 얼마 전 전쟁을 치른 중국 때문이었다.

같은 공산국가라 하지만 러시아의 경우 현재 대한민국과 관계가 그 어느 때보다 좋았다.

미국이야 예전만큼 끈끈한 혈맹 관계까진 아니지만, 어찌 되었든 현재 일본의 도발을 사전에 알려 주며 한국의 손을 들어준 상태.

그에 반해 중국은 한중 전쟁의 패전으로 자치구들이 독립을 하고, 전쟁 중 홍콩과 대만이 전력 공백으로 취약한 광둥성과 푸젠성을 함락하면서 결과적으로 두 성을 잃어버렸다.

그로 인해 중국은 전쟁 전보다 국토 면적이 절반보다 더 줄어들었다.

더욱이 전쟁 패전의 책임으로 숙청이 되었어야 할 진보국 전 주석과 그 일파가 숙청 직전 지지 세력의 도움으로 탈출을 하면서 내전에 돌입했다.

차라리 진보국이 숙청이 되어 현 중국의 주도 세력인 소샤오린의 집안이 중국을 주도했다면 나았을 테지만, 이전 권력층을 제대로 처리하지 못하고 내전이 벌어졌기 때문에 현재 상황에서 사실상 중국이 가장 신경이 쓰였다.

소샤오린이야 한국의 저력을 어느 정도 알고 있기에 그런 마음을 먹지 않겠지만, 실제 권력자인 그의 큰아버지인 소샤오창의 경우, 내전으로 혼란스러운 중국을 진정시키기 위해 일본과 전쟁 중인 한국의 뒤통수를 칠 수도 있었다.

실제로 미사일 방어 체계로 알려진 스카이넷 시스템의 구성인 공중순양함에서 적이 발사한 탄도미사일 방어뿐만 아니라, 자체적으로 탑재한 탄도미사일을 발사하는 모습이 TV를 통해 송출이 되었고, 남해 상공에서는 제공권을 장악하기 위해 발진한 일본의 항공자위대 전투기를 상대로 또 다른 편제인 공중호위함 세 기가 나서서 미사일을 발사하는 모습이 보였다.

뿐만 아니라 일본의 F—15JSI가 발사한 중거리 공대공미사일인 JNAAM을 중간에 요격하는 모습은 폭죽쇼를 보는 듯했다.

그것만으로도 대한민국 국군이 일본 자위대를 능가하고 있었는데, 대한민국 해군도 자신들이 보유한 신형 전함의 위력을 확실하게 보여 주고 있었다.

시대에 맞지 않는 전함이 모습을 드러내더니, 마치 카메라 촬영 속도를 고속으로 돌리는 것처럼 열 개의 함포가 연속으로 불을 뿜는 모습이 포착되었다.

전함에서 쏘아진 포탄은 강철비가 되어 일본 해상자위대의 자랑인 구축함들을 향해 날아갔다.

그리고 그 포탄들은 정확하게 일본 해상자위대의 구축함에 떨어졌다.

〈15권에 계속〉

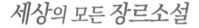